DU MÊME AUTEUR

Aux Éditions Gallimard

LES LIMBES. Trois récits visionnaires

LA VIE SEXUELLE DES SUPER-HÉROS

Du monde entier

MARCO MANCASSOLA

LES DÉSERTÉS

roman

Traduit de l'italien
par Vincent Raynaud

nrf

GALLIMARD

Titre original :

GLI AMICI DEL DESERTO

Et je sentis étrangement un étranger dire :
je suis près de toi.

RAINER MARIA RILKE

I

Big Sur

Cet été-là, le monde semblait vraiment marcher sur la tête. Moi, j'allais avoir trente-trois ans et je séjournais quelques mois dans un monastère sur la côte californienne.

Je n'étais pas en pleine crise spirituelle et je n'étais même pas croyant. J'avais simplement besoin d'un refuge tel que celui-là, une communauté d'ermites pacifiques et tolérants, installée dans un lieu formidablement beau, parmi les collines de Big Sur.

En outre, mon frère y vivait. Rudi était membre de la congrégation depuis plusieurs années. Auparavant, il avait voyagé sur tous les continents à la recherche de la communauté idéale, il avait dansé avec les soufis et médité avec les maîtres zen japonais. S'il était revenu au mysticisme chrétien, en définitive, il avait néanmoins choisi un endroit au bout du monde. Loin des évêques, de la hiérarchie et de leurs foutaises.

Malgré le scepticisme de notre père, Rudi avait grandi en voulant devenir moine et vivre au sein d'une société de moines – des hommes qui aimaient suffisamment les autres pour préférer les laisser en paix et les observer de loin, avec tendresse et détachement.

Moi, au contraire, j'avais été brisé par la proximité des choses et je ne pouvais donc qu'envier ce type d'amour.

*

Chaque jour, je sortais de ma caravane, je me retrouvais au milieu de la végétation basse, dans le coin où logeaient les visiteurs, et j'avalais l'oxygène du petit matin.

Je respirais pour me libérer de la saveur des rêves nocturnes et des sensations avec lesquelles il m'arrivait encore de me réveiller. Celles de mes derniers mois de vie milanaise – les amis déprimés, les jours passés à réviser cent fois mon curriculum vitae, les repas surgelés chauffés au four à micro-ondes. Les nuits à faire la tournée des bars et des fêtes organisées par les services de presse, à la recherche de dérivatifs amoureux.

Oui, je respirais. En bas, au pied de la colline, une nappe de brouillard masquait régulièrement l'océan et, sous ce brouillard, on entendait la marée du matin. À mesure que la lumière augmentait, le grésillement des grillons se perdait dans une pause de silence stupéfait.

Je marchais le long du sentier en terre battue et souvent j'apercevais, parmi les buissons, le miroitement d'un groupe de chevreuils qui se retiraient vers la partie haute et boisée de la colline, après s'être régalés comme chaque nuit des précieuses roses cultivées dans les jardins des moines.

Je rejoignais la petite chapelle de pierre où je trouvais les moines déjà rassemblés, les yeux fermés et en train de psalmodier. J'aimais les écouter. Je me laissais hypnotiser par la grâce du chœur qui se dédoublait et se réunissait, qui s'estompait puis redémarrait par vagues, tel l'écho de l'océan que j'entendais de l'intérieur de ma caravane.

Seul mon estomac privé de nourriture dédaignait tant de poésie, préférant gargouiller de façon embarrassante.

Puis le petit déjeuner était servi au réfectoire du monastère, une grande salle occupée par des tables en bois brut. Au milieu, on avait disposé des paniers de fruits, du pain grillé, des bols de céréales, des pots de yaourt fait maison et des beignets de tofu croquants sur une grande table. La cuisine végétarienne n'avait jamais été ma tasse de thé, mais je n'hésitais pas à me servir.

Le petit déjeuner me permettait non seulement de calmer mon estomac, mais aussi d'observer la communauté.

Une vingtaine d'ermites en faisaient partie. C'étaient des hommes d'âges variés, ils avaient presque tous les cheveux coupés très court, à la tondeuse, et certains portaient une imposante barbe. Non qu'ils eussent tous l'air de saints. Ils avaient pour la plupart des manières paisibles, y compris les plus jeunes d'entre eux, et ils affichaient un sourire qui semblait exprimer une sorte de trêve avec les problèmes les plus pressants, que notre époque avait rendus si sournois – comment trouver sa place dans le monde, comment empêcher cette époque absurde de rendre nos vies absurdes.

*

Les hôtes de passage se joignaient aux moines. Des amis, des voyageurs, des touristes de la spiritualité ou des curieux.

Toutes sortes de gens débarquaient au monastère : des hippies d'âge mûr aux cheveux blond sale, des types qui avaient des vers de poèmes mystiques ou du Dhammapada tatoués sur une épaule, des étudiants en philosophie, des vieilles filles à la poursuite d'extases immatérielles, des cyclistes qui traversaient la Californie sous le soleil et cherchaient un endroit pas cher où faire étape.

Les voyageurs arrivaient, ils s'installaient dans l'une des caravanes disséminées sur la colline et savouraient la paix des lieux. Ils se levaient à l'aube, comme les ermites, puis méditaient entre les arbres, ils se relaxaient et attendaient l'illumination, certains fumaient de la marijuana, cachés dans les buissons, et d'autres s'ennuyaient à mort. Ils laissaient s'écouler quelques jours, puis ils repartaient, ils reprenaient la route de Monterey ou continuaient vers le sud, sur le ruban de la State Route 1.

J'étais celui qui ne repartait pas. J'étais arrivé au printemps, on était désormais en plein été et je ne donnais aucun signe de vouloir m'en aller.

Je participais à la vie de la communauté en travaillant quelques heures par jour, je nettoyais les sentiers et réparais les enclos des jardins. Les moines avaient tout l'air de s'être habitués à ma présence et personne ne m'interrogeait sur mes projets, pas même Rudi.

Seul Brother Lucius m'examinait souvent de son regard inquisiteur.

C'était un moine âgé d'environ soixante ans, plutôt

silencieux, qui avait des yeux bleu clair et pénétrants. Outre son regard inquisiteur, ce qu'on remarquait le plus était son gros ventre. Équipé de jumelles, il passait des demi-journées entières sur le toit plat de sa cellule, à chercher d'éventuels signes d'incendie le long de la côte et à étudier les déplacements de deux condors qui avaient nidifié dans cette zone, un fait très rare. On prétendait que rien n'échappait à la vue extraordinaire de Brother Lucius.

Rudi m'assurait qu'il était inoffensif. Et qu'il avait même le sens de l'humour. Mais je ne l'avais jamais vu rire.

Chaque fois que je sentais son regard sur moi, au réfectoire, dans la chapelle ou sur un des sentiers, j'étais persuadé qu'il m'observait. Ses yeux perçants me scrutaient. Sans doute se posait-il des questions. Il devait se demander ce que je cherchais dans un monastère perdu, ce que je faisais là en plein cœur d'un été californien torride, à des dizaines de kilomètres de la ville la plus proche. Je n'avais pas l'air d'un croyant. Je n'avais pas l'intention de me faire moine. Pourquoi restais-je si longtemps ? Seulement parce que mon frère y était ?

*

C'étaient d'excellentes questions. Dommage qu'il me fût si difficile d'y répondre. Toute tentative de réflexion sur mon futur me conduisait vers un univers de pensées vagues.

La nuit, j'écoutais l'océan comme si un voyant me parlait. Désormais, tout me paraissait possible, tout pouvait m'arriver : attendre éternellement, me laisser mourir d'incertitude, devenir clochard ou bien tomber amoureux une nouvelle fois, rencontrer quelqu'un, ne rencontrer personne.

En Italie, pour vivre, j'avais fait jusqu'à la fin, un an auparavant, toute une série de boulots, le dernier comme attaché de presse d'une fondation.

Je n'avais nulle part où retourner. Mon travail d'attaché de presse avait disparu avec les subventions que recevait la fondation. Je ne louais plus le studio minable dans lequel j'avais tenu bon les derniers temps.

Tout ce qui me restait, c'était un compte bancaire avec l'équivalent de deux mois de salaire et pas grand-chose d'autre. Mais ce n'était pas seulement ma situation financière qui me paralysait.

De tout ce que j'avais laissé derrière moi, ce qui me revenait le plus souvent à l'esprit, c'étaient les femmes que j'avais connues, effleurées, serrées inutilement contre moi. Et en particulier celle qui, à mes yeux, avait été la reine triste de toutes les femmes. Kareen... En pensant à elle, j'avais la gorge qui brûlait, comme si je venais de pousser un grand cri.

Pour cette raison, je me disais que j'avais besoin de passer encore un peu de temps dans cet ermitage. Un peu, encore un peu.

Aucune hâte de retourner là-dehors, dans le tourbillon de poussière qu'était le monde, où les gens s'agitaient de façon hystérique, où ils perdaient leur emploi, où ils s'accouplaient et se quittaient sans se comprendre, sans s'être vraiment connus.

*

Un après-midi, tandis que dehors le feu du soleil écrasait la colline, j'étais en train de lire dans ma caravane quand j'ai entendu frapper à ma porte.

Rudi est entré, apportant un souffle d'air brûlant. « Quelle journée ! a-t-il commenté avec bonne humeur. Si ça continue comme ça, un de ces quatre on pourra prendre la voiture et descendre à Monterey pour se baigner. »

Il était vêtu d'un tee-shirt et d'un bermuda, ses jambes étaient bronzées et ses pieds nus. Dans la journée, quand ils n'étaient pas occupés à la chapelle, les moines étaient libres de retirer leur robe blanche. Et même dans son accoutrement de maître-nageur, mon frère ne perdait rien ou presque de son allure mystique. Il avait un sourire collé en permanence sur les lèvres. « J'ai des nouvelles, il a annoncé.

— Bonnes ou mauvaises ?

— Bonnes, naturellement. » Il a jeté un coup d'œil autour de lui et a repéré mon ordinateur portable, d'où provenait un air de blues. « On peut savoir pourquoi tu écoutes cette scie ?

— Ce n'est pas une scie, j'ai protesté. C'est Johnny Cash. »

Il s'est approché de l'ordinateur, il a fouillé parmi les fichiers musicaux et mis un morceau de dance music. « On est dans un ermitage, c'est vrai, mais pas dans un cimetière. »

Mystique en bermuda, amateur de musique dance. Voilà qui était mon frère.

Malgré moi, j'ai souri. J'ai pris une canette de Coca dans le minuscule frigo qui équipait ma caravane et je la lui ai tendue. « Et donc, ces nouvelles ? »

Rudi a ouvert la canette, libérant une bouffée de gaz. Tout en hochant la tête au rythme de la nouvelle chanson, il en a bu une gorgée avant de se décider à parler : « J'ai été à la bibliothèque. Tu as reçu un courrier électronique de ton ami Danilo. Il dit qu'il t'a écrit plusieurs fois, mais que tu n'as pas répondu.

— Ah », ai-je prudemment observé.

Je ne relevais pas souvent mon courrier. Au monastère, il n'y avait pas de connexion sans fil, et la seule manière d'aller sur Internet était de passer par la prise téléphonique de la bibliothèque, une connexion archaïque et d'une lenteur exaspérante. À vrai dire, je ne trouvais pas ça si mal d'être déconnecté.

« Danilo m'a prié de te dire qu'à Milan l'été est un enfer. Il se sent seul et il a décidé de partir.

— Pour aller où ?

— En Californie : où d'autre ? Il a décidé de nous rejoindre. Je pense qu'à cet instant... » Rudi a jeté un coup d'œil à l'écran de l'ordinateur pour y lire l'heure. « ... il a dû décoller depuis peu.

— Ah, j'ai répété.

— C'est quoi, cette tête ?

— Disons que je ne m'attendais pas à ça.

— Tu verras, le monastère lui fera du bien à lui aussi. Chez nous, il y a de la place pour tous. » L'idée qu'une autre âme égarée pût venir se réfugier dans son monastère semblait le ravir. Il a levé sa canette, suggérant qu'on porte un toast, et a appuyé sur une touche de l'ordinateur afin de monter le son.

Je me suis affalé sur ma chaise, c'est tout. Je n'étais pas contrarié, non, du moins pas trop. Au fond, il s'agissait de mon meilleur ami, une des personnes auxquelles je tenais le plus au monde.

Danilo Scotti et moi nous connaissions depuis une époque lointaine. Nous avions été camarades au lycée et à l'université, nous avions voyagé ensemble, nous avions partagé d'innombrables expériences : sacs de couchage, festivals de musique, déceptions politiques et illusions numériques – l'étrange aventure consistant à avoir vingt ans à la fin du vingtième siècle et celle, tout aussi étrange, de se retrouver d'un coup à trente ans passés, après avoir vécu une bonne dose de catastrophes.

Rudi était mon frère de sang et, dans la même mesure, Danilo était mon frère spirituel. Pourtant, contrairement à Rudi, je n'étais pas convaincu que sa future venue à Big Sur fût une bonne nouvelle.

« Curieux », j'ai songé. Je pouvais comprendre que Danilo n'eût guère envie de rester à Milan en plein été – la ville déserte sous la canicule, les bars et les restaurants fermés, aucun moyen de trouver du travail. Je ne comprenais pas pourquoi il voulait nous rejoindre au monastère. Les retraites spirituelles, ce n'était pas pour lui, il avait même raillé les choix de mon frère.

« À vrai dire..., commença Rudi, qui avait peut-être senti ma perplexité, ton ami veut passer te prendre et t'emmener faire une excursion dans le désert avec lui. Son idée, c'est de s'enfoncer je ne sais où. De partir à la recherche d'un certain chaman ou quelque chose de ce genre.

— Désert? Chaman? j'ai demandé d'une voix étranglée.

— Il dit que quelqu'un lui a parlé de ce chaman. C'est un guérisseur capable de chasser la dépression. Ça paraît très exotique, tu ne trouves pas?

— Qui diable à Milan a bien pu lui parler d'un guérisseur vivant dans le désert californien?

— Ma foi, peut-être qu'une fois ici Danilo se sentira à son aise parmi nous, a observé Rudi, histoire de me rassurer.

— Ça m'étonnerait.» J'ai fait la grimace en pensant aux étendues brûlées de l'arrière-pays, dont les températures diurnes pouvaient atteindre cinquante degrés à cette période de l'année, d'après ce que je savais.

C'était sûr : aucune chance que mon ami m'entraîne dans le désert en plein été.

Au monastère, je me sentais merveilleusement bien. J'occupais une caravane où il faisait frais et d'où j'avais vue sur l'océan, je mangeais une nourriture saine, j'avais tout le temps que je voulais pour lire et penser. Je me sentais tels ces intellectuels du passé, de ceux qui trouvaient refuge dans les monastères au Moyen Âge. Là-dehors, la crise financière mettait à genoux des pays et des continents entiers, le réchauffement climatique s'accélérait de jour en jour et l'humanité tremblait en entendant les jingles qui ouvraient les bulletins d'information sur Sky News. Je ne bougerais pas de mon abri.

«Ton meilleur ami vient nous voir, a insisté Rudi. Ça ne te fait pas plaisir?»

Au ton de sa voix, on aurait pu croire que le plus fervent des pèlerins allait arriver, prêt à entonner les psaumes et à faire brûler de l'encens dans la chapelle.

Je connaissais bien ce vieux Danilo. Je le voyais d'ici, tandis qu'il était en voyage, assis dans son fauteuil pendant que l'avion filait droit vers l'Atlantique.

Je le voyais d'ici, exposant à son voisin les différents effets secondaires que l'un ou l'autre tranquillisant avait sur sa vie sexuelle, ou bien les dernières trouvailles qu'il avait faites dans le monde merveilleux des sites Internet réservés aux adultes, avant de se mettre à ronfler la bouche ouverte, déchaussé, exhibant des chaussettes pas franchement immaculées, puis de se réveiller en sursaut, uniquement pour demander à l'hôtesse, avec un clin d'œil en prime, si elle voulait bien lui servir un énième et généreux gin tonic.

*

C'était un type sarcastique, mélancolique, un peu trop direct et paranoïaque. C'était un type charmant. Un type insupportable. Cela faisait des années qu'il voltigeait sur le manège des troubles bipolaires et, les derniers temps, sa vie avait perdu plusieurs pièces importantes en l'espace de quelques semaines.

Pour commencer, le café-théâtre où il se produisait trois soirs par semaine et qui constituait de fait sa principale source de revenus l'avait congédié.

À sa façon, Danilo était un artiste sophistiqué. Mais il ne s'était pas rendu compte que la fréquentation diminuait et que le public restant, eh bien, ce public-là n'avait pas envie de choses sophistiquées.

Puis il s'était fait larguer par sa femme, qui faisait elle aussi des spectacles comiques et courait après les petits engagements. La vie était déjà bien assez difficile comme ça, jusqu'au jour où elle en avait eu assez de cohabiter avec l'encombrant entrelacs d'humeurs qui gouvernaient mon meilleur ami. Comment lui donner tort ?

Et donc, cet été-là, nous étions tous les deux au chômage. Et tous les deux seuls.

La différence, c'était que Danilo avait un goût très prononcé pour les antidépresseurs, de préférence associés à l'alcool et à une large gamme de substances illicites, un penchant qui avait tendance à stimuler un autre de ses dons, tout aussi prononcé, celui de faire des blagues déplacées et de créer des situations embarrassantes.

Il est arrivé le lendemain, après quatorze heures d'avion en classe économique et quatre autres en car de San Francisco. Il était fatigué et, dans un premier temps, tout ce qu'il désirait, c'était un lit.

On lui a attribué une caravane installée derrière un bouquet de sureaux. Je l'ai accueilli en le serrant dans mes bras, j'affichais la plus grande tranquillité et seule sa tenue vestimentaire m'a mis quelque peu mal à l'aise. Il portait un tee-shirt noir imprimé à l'effigie d'un vieux film d'horreur, *L'Exorciste* : un choix tout à fait indiqué pour quelqu'un qui se présente dans un monastère.

Quand je l'ai accompagné à sa caravane, il a regardé autour de lui d'un air soupçonneux, comme s'il cherchait des rosaires, des images saintes et autres babioles du même tonneau.

Je lui ai expliqué qu'il ne devait pas s'inquiéter. Ce n'était pas ce genre de lieu, nos hôtes n'étaient pas des fanatiques religieux, seulement de paisibles ermites tolérants.

Danilo a fait un petit sourire sceptique et il a extrait de ses poches ses propres objets de culte, qu'il a posés bien en vue sur une étagère à côté du lit. Un flacon de l'insubmersible prozac et un autre du tout aussi insubmersible paxil. Il estimait son cas trop complexe pour qu'un seul médecin pût en prendre la mesure et il fréquentait donc plusieurs spécialistes, se faisant prescrire différents médicaments qu'il combinait suivant une recette bien à lui.

De vieux et pénibles souvenirs se sont agités en moi. J'aimais bien cet homme et j'aurais voulu l'aider. Simplement, dans l'immédiat je n'avais pas les ressources pour le faire. Et, par ailleurs, on n'a pas toujours envie d'avoir les gens qu'on aime dans les pattes. Ne pouvait-on pas les aimer à dix mille kilomètres de distance ?

*

J'ai retrouvé le nouveau venu le lendemain matin, lorsqu'il est entré au réfectoire à l'heure du petit déjeuner.

Il portait un tee-shirt encore moins indiqué, cette fois à l'effigie d'Iron Maiden. Sur sa poitrine, le zombie Eddie the Head, la mascotte du groupe de heavy metal, m'adressait un rictus satanique.

Danilo a ignoré mon regard noir. Il a jeté un coup d'œil autour de lui, puis il a examiné le buffet avec perplexité. Je ne pense pas qu'il avait imaginé qu'on pût manger végétarien au monastère, sans doute s'attendait-il à un petit déjeuner américain typique.

Quand Father Raimundo, le prieur, s'est approché pour lui demander si tout allait bien, Danilo a plissé les yeux et répondu par une de ces répliques dont il avait le secret : « Ça roule, Votre Éminence. Je me disais juste, qui sait si vos cuisines pourraient m'offrir une sympathique assiette de bacon ? »

Un frisson a parcouru le vieux prieur. Par chance, l'accent italien du nouveau venu l'avait manifestement empêché de tout comprendre.

Les choses ne se sont pas améliorées au déjeuner puis au dîner. Danilo était mécontent de cette nourriture aseptisée et, surtout, il était déçu qu'on ne serve à table ni vin ni aucune autre boisson alcoolisée.

Ce soir-là, il m'a entraîné jusque dans un coin du réfectoire et m'a lancé un regard de reproche : « Comment as-tu pu résister dans un endroit pareil ? Je croyais que c'était une communauté de moines, pas une bande de mormons prohibitionnistes.

— Tu exagères, j'ai risqué. Ici, les gens ont l'esprit ouvert. Par exemple, ils ont tous voté pour Obama.

— Comme c'est touchant », il a ironisé.

Quelqu'un débarrassait la table et on sentait encore les parfums du repas qui flottaient dans l'air tel un souvenir.

Father Raimundo et les autres moines quittaient le réfectoire en nous saluant avec des sourires de bénédiction, aussi ineffables que ceux de nouveau-nés.

Pour quelque raison, leurs sourires m'ont bouleversé. Ils se sont enfoncés dans ma poitrine tel un crochet. La présence de mon ami me rappelait qu'au fond je n'appartenais pas à ce lieu, que je venais d'ailleurs, d'une autre histoire, et c'était suffisant pour que je me sente coupable, presque un imposteur.

« Ça pulse, les jeunes ? a demandé Rudi, qui nous avait rejoints.

— Te voilà, lui a répondu Danilo. Heureusement qu'on peut compter sur toi. » Je ne me rappelais pas que ces deux-là eussent jamais été amis. « Vous le rangez où, le vin de messe ?

— Ha ha ha », j'ai ri nerveusement.

Danilo a remis en place une mèche de ses cheveux quelque peu clairsemés, tout en continuant à scruter mon frère avec espoir. « Ne me dis pas que vous ne buvez pas un petit coup de temps en temps même en l'absence de Notre-Seigneur. »

Rudi a éclaté de rire. « Entre nous soit dit, le vin de messe est plutôt dégueulasse. On l'achète trois dollars le litre dans un magasin sordide. Il n'y a qu'une façon de l'améliorer...

— Est-ce que tu vas dire ce que j'espère que tu dises ?

— San-gri-a, a scandé Rudi.

— Bingo ! » s'est exclamé Danilo. Il m'a lancé un regard de triomphe et a mimé des pistolets avec les mains comme pour me tirer dessus.

« Dire qu'hier encore c'était un endroit tranquille, j'ai commenté en me massant la tempe.

— Je dois dire que je redécouvre ton frère, m'a soufflé mon ami dès que Rudi se fut éloigné. Il n'est pas mal du tout, ce garçon. Dommage qu'il gâche sa vie dans ce trou perdu. »

Ce soir-là, il est allé boire de la sangria dans la cellule

de Rudi, une invitation qui l'a neutralisé pendant au moins deux heures.

Et c'est moi qui me suis couché avec le cœur battant désagréablement vite, tandis que je gisais sur le matelas, les yeux ouverts, en écoutant les bruits de l'océan et le chœur triomphal des grillons sur la colline. Le vent faisait bruire légèrement les buissons qui entouraient la caravane. Je pouvais distinguer le moindre son nocturne. À force de chercher le sommeil, j'en suis arrivé à la conclusion qu'il n'y avait aucun doute, absolument aucun, quant au fait que Danilo et moi fussions amis : une fois l'un à côté de l'autre, son inquiétude avait aussitôt réveillé la mienne, telles les cordes d'un instrument qui vibrent à l'unisson, par pure résonance.

*

Pendant la nuit, tandis que Danilo buvait de la sangria, la reine triste de toutes les femmes m'a rendu visite. Du reste, même dans la paix de Big Sur, elle m'était souvent apparue la nuit.

Dans mon rêve, Kareen marchait sur une plage. Elle avançait lentement, mais je n'arrivais pas à la rejoindre, je peinais derrière elle sans parvenir à la toucher. Je voyais ses cheveux flotter, ses épaules bouger avec fluidité. Ses pieds nus effleuraient tout juste le sable, y laissant des empreintes légères, presque inexistantes.

C'était elle, la fille qui était apparue devant moi au lycée seize ans plus tôt, avec ses yeux tristes et impatients, son tee-shirt vert de Greenpeace que je me rappelais encore. La femme que j'avais serrée contre moi durant les nuits les plus sombres, durant ses crises les plus graves, celle que j'avais aimée d'un amour naïf et impuissant, convaincu comme je l'étais de pouvoir la guérir. La femme qui s'était réveillée à mes côtés mille fois, en sursaut, baignée de sueur et assommée par les médicaments, à l'image de Danilo et bien pire encore.

Sur la plage, j'ai essayé de presser le pas pour la rejoindre, le cœur qui battait dans ma gorge et le souffle court.

Lorsqu'elle s'est enfin tournée, le vent a fait voler ses cheveux devant son visage. Elle m'a regardé en penchant la tête, elle a entrouvert les lèvres, mais aucun mot n'est sorti de sa bouche, rien qu'un bruit familier. C'était celui de la marée... J'ai ouvert les yeux. Exaspéré, mon cœur protestait. J'ai toussé contre l'oreiller. Dehors, en pleine nuit, l'océan vociférait plus violemment qu'à l'ordinaire et s'acharnait contre les rochers.

Bientôt, les premiers rayons de l'aube entreraient par le hublot et les chevreuils regagneraient le bois, la colline entière se tairait, transpercée par le nouveau jour, transpercée de stupeur. Danilo devait ronfler dans sa caravane et les moines se préparaient, eux, à chanter leurs psaumes.

Je me suis tourné. Une vague de lucidité s'était abattue sur moi. Une lucidité soudaine et effrayante qui se manifeste parfois, à certains moments de la nuit, quand on gît les yeux ouverts, seul et désarmé.

La souffrance des personnes que j'aimais assiégeait ma vie depuis des années. La dépression de mon meilleur ami. Celle de la femme avec qui j'avais désiré vivre. En réalité, les hauts et les bas de Danilo avaient l'air d'une plaisanterie à côté de la maladie de Kareen, de ses fréquents séjours dans des cliniques spécialisées au fil des années, du puits noir que je n'avais pas su remplir. Pourquoi n'étais-je pas parvenu à l'aimer suffisamment? Une autre excellente question.

Le monde était devenu un endroit hostile pour quiconque s'efforçait de rendre les autres heureux.

Même si, en vérité, quelqu'un semblait avoir réussi. Quelqu'un l'avait guérie ou du moins lui avait donné une certaine sérénité. Kareen allait se marier. Ce serait chose faite d'ici quelques jours, en Italie, très loin de moi et de la côte californienne.

*

Il n'y avait pas que l'alcool qui manquait à Danilo. Internet aussi lui manquait. Sur la colline, les téléphones mobiles ne captaient pas le réseau, le modem de son ordinateur portable non plus.

Il était obsédé. Il ne pouvait s'empêcher d'aller voir si quelqu'un s'était inscrit à sa newsletter, combien de personnes avaient visionné sur YouTube des extraits de ses numéros comiques et combien de résultats donnait la recherche de son nom sur Google, avant de comparer ces chiffres à ceux de tous les autres comédiens italiens de stand-up. Twitter quelques répliques avant qu'on ne l'oublie. Quand il était chez lui, c'était sa routine quotidienne.

Je ne lui ai pas suggéré d'aller voir à la bibliothèque, je savais que la lenteur de la connexion l'aurait rendu encore plus nerveux. Sans parler du soupçon, du reste fondé, qu'il pût consacrer la majeure partie de la session à des vidéos trouvées sur YouPorn.

Il était en outre consterné par l'impossibilité de faire de l'exercice. Quelques jours sans fréquenter un gymnase et il se sentait informe : « Mes poignées d'amour… », il se plaignait.

À mes yeux, il était toujours le même. Avec ou sans gymnase, il avait toujours eu les hanches larges. Au fond, c'était un comique, personne ne lui demandait de garder la ligne. Comme moi, il avait trente-trois ans… Un de ces âges ambigus où l'on peut aussi bien sembler parfaitement jeune qu'irrémédiablement vieillissant.

Il mesurait un ou deux centimètres de moins que moi. Les cheveux châtain clair, presque blonds, à présent clairsemés.

Il avait un sourire qui plaisait encore aux filles, d'un blanc naturel dont il savait parfaitement jouer, quand il montait sur scène et qu'il le faisait briller sous le feu des projecteurs. C'était le sourire de quelqu'un qui en sait long et qui, dans le même temps, se cache. Il avait deux petites rides de chaque côté de la bouche qui ajoutaient quelque chose d'amer, il avait l'air d'en savoir trop tandis qu'il était là, lançant sa vanne et attendant les rires du public.

Ses yeux étaient d'un vert aqueux, incertain, en mesure d'adopter la couleur d'un fleuve resplendissant mais aussi, plus souvent, celle d'une piscine sale et déserte dans laquelle on n'aurait voulu plonger que pour briser, ce faisant, la désarmante solitude qui l'écrasait.

Au monastère, pour se consoler de la cuisine végétarienne si peu satisfaisante, il s'est mis à se gaver d'aliments sucrés.

Il est devenu accro au sirop d'érable, il y en avait une

bouteille au réfectoire. Il a commencé à s'en servir tout le temps, une manie de toxicomane, afin de garnir chaque plat et chaque boisson : sirop d'érable dans le thé, sirop d'érable sur les beignets de tofu, sirop d'érable sur le riz du déjeuner et aussi, ma foi, sirop d'érable sur la salade du dîner.

Un matin, au petit déjeuner, nous avons vu Brother Lucius, le moine au regard assassin, se diriger vers le buffet. Il semblait chercher quelque chose. Il a saisi la bouteille de sirop d'érable et constaté qu'elle était vide.

C'est seulement alors que j'y ai pensé : l'impressionnant Brother Lucius aimait le sirop d'érable. Je l'avais plusieurs fois vu en prendre.

Tout en serrant la bouteille vide entre ses mains, le moine a balayé du regard la salle. Ses yeux n'ont pas eu de mal à nous repérer : juste à cet instant, Danilo s'apprêtait à mordre une crêpe dégoulinante de sirop.

Depuis, chaque fois que son regard croisait celui de Brother Lucius, un frisson parcourait Danilo. Il s'agitait comme si un tireur d'élite l'avait eu dans sa ligne de mire. « Tu as vu comme il me fixe, le moine bedonnant ? Je n'aurais pas dû flinguer sa bouteille de sirop d'érable.

— Ne t'en fais pas. » Je m'abstenais d'avouer que le moine me faisait peur à moi aussi. « Rudi prétend que c'est un gars sympathique et même drôle.

— Pourtant je ne l'ai encore jamais vu rire.

— Ah bon ? ai-je observé, feignant la surprise.

— Je l'ai vu debout sur le toit de son bungalow.

— La chambre d'un moine s'appelle une cellule.

— Il était debout sur le toit de son bungalow, des jumelles sur les yeux, et il scrutait tous mes mouvements.

— On m'a dit qu'il grimpait là-haut pour observer les condors sur la colline.

— Les condors ? Combien de condors tu as vus depuis que tu es ici ?

— Aucun, ai-je admis.

— Le moine bedonnant grimpe là-haut pour nous surveiller. »

De fait, Brother Lucius restait un mystère.

En contrepartie, les autres membres de la communauté étaient pleins de bienveillance à l'égard de Danilo. Au contact de son instabilité, l'atmosphère de paix naturelle qui émanait des ermites devenait encore plus intense et affectueuse. Leurs gestes apaisés, la blancheur calme de leurs robes. Le climat tranquille du monastère ne s'était pas laissé troubler par l'arrivée de mon camarade : il pouvait rééquilibrer l'état émotionnel, même compromis, de n'importe quel invité. Il pouvait absorber n'importe quelle présence.

Malheureusement, Danilo Scotti n'avait nullement l'intention de se laisser absorber. Il était venu dans l'idée de filer au plus vite.

Il voulait poursuivre à travers le désert. Il m'a montré plusieurs guides et une carte sur laquelle il avait tracé l'itinéraire au feutre bleu, une ligne qui, de Big Sur, descendait vers le sud puis s'enfonçait dans l'intérieur des terres, en passant sous la pointe méridionale du Nevada et jusque dans la lande aride, pour atteindre les environs d'un endroit nommé Elfrida, Arizona. « Et tu viendras avec moi. »

*

C'était un soir, à la tombée de la nuit, nous marchions sur un des sentiers de terre battue qui font le tour du monastère. L'odeur qui provenait des sureaux flottait dans l'air et, au bord du sentier, les mimulus étaient mi-clos, par timidité ou peut-être par ennui.

« Tu t'es suffisamment amusé à jouer les ermites, a affirmé Danilo. Il est temps de bouger, *petite salope.* Temps de partir. »

J'ai sursauté. J'avais horreur qu'il m'appelle de cette façon. Il avait commencé à le faire à l'époque de mes frasques amoureuses.

« Pour aller où ? » ai-je répliqué en examinant l'océan qui scintillait plus bas, dans un reste de lumière.

Une brise venue de l'ouest agitait nos vêtements. « Et puis je ne comprends pas ce que tu espères trouver. Des chamans, des guérisseurs ? Où as-tu entendu parler de ces trucs-là ?

— C'est un chaman, a-t-il confirmé. Ça te paraît si étrange que ça ? Plus étrange que de rester planqué dans cet endroit pendant des mois ?

— Ici, c'est un monastère, c'est différent.

— Ha ha ha. » Le ton de sa voix était si sarcastique qu'elle devenait rauque. « C'est une chose plus respectable, tu veux dire. Une chose plus sérieuse. Tu me sembles à présent bien conservateur, mon vieux.

— Je ne suis absolument pas...

— Aller dans le désert aussi, c'est une chose sérieuse, il m'a interrompu. Dans de nombreuses cultures traditionnelles, quand on est en pleine crise on va dans le désert. »

Un bleu électrique et rayé dominait le ciel au-dessus de nous. Deux avions laissaient sur sa face de longues griffures brillantes et blanchâtres, tandis que les premières constellations apparaissaient déjà.

Danilo s'est arrêté au milieu du sentier et m'a observé en plissant les yeux : « Il paraît que c'est un chaman assez connu, il a repris. Tu devrais lire les commentaires mystérieux, presque codés, que les voyageurs s'échangent à son sujet dans les forums Internet. Il faut que tu viennes avec moi, tu sais bien que je suis incapable de voyager seul. Sans toi je n'y arriverai pas. Je coulerai au premier obstacle. »

D'un coup, je me suis aperçu que la brise avait un arôme différent. Plus humide. « Tu oublies une chose, j'ai soupiré. Arpenter tout le sud-ouest du pays, ç'a un coût. Je n'ai plus un sou, moi. Juste une réserve en cas d'urgence.

— *C'est* une urgence.

— Et toi non plus, tu n'as plus un sou, je suppose.

— Ceci *est* une urgence, a-t-il répété. Ton meilleur ami a besoin de guérir.

— Danilo, les troubles dépressifs se soignent chez un thérapeute, pas chez un chaman.

— Hé, tu es devenu un véritable génie, à force de vivre ici. Chez un thérapeute, qui l'eût cru ? » Il a sorti de sa poche un flacon de médicaments et l'a agité tel un hochet. « As-tu idée du nombre de fois où je suis allé chez un thérapeute ? De la quantité de spécialistes que j'ai vus, thérapeutes, analystes et psychiatres ? Tout ça pour m'entendre dire que l'important, ce n'est pas ce que j'ai entre les jambes, mais ce que j'ai dans la tête. Je dois m'aimer, je dois avoir de l'estime pour moi, je dois m'accepter, ha ha ha. »

Il a débouché le flacon et, après une pause théâtrale, a vidé son contenu dans les buissons. « Voilà. Comme ça, les chevreuils qui viendront ce soir pourront se faire un bon trip. »

Je n'étais pas impressionné. « Et toi, as-tu idée du nombre de fois où j'ai assisté à cette scène ? Toi qui balances ton paxil ?

— Hein ? » il a répondu, regrettant déjà son geste. Avec un sentiment manifeste d'amour et de haine mêlés, il a regardé les pilules dans les buissons, parmi les mimulus et les touffes d'herbe.

Je savais qu'il reviendrait les ramasser plus tard, au cours de la nuit.

« Ce truc-là réduit la capacité à avoir des orgasmes, a-t-il expliqué, comme s'il voulait justifier sa colère.

— Je sais. Tu me l'as déjà raconté deux douzaines de fois.

— Qu'est-ce que tu y connais, toi, à ces problèmes, hein, petite salope ? »

D'une certaine façon, il n'avait pas complètement tort de m'appeler ainsi – et sans doute était-ce la raison pour laquelle ça m'agaçait. J'ai ignoré sa provocation et je l'ai examiné.

La brise agitait ses cheveux. Il y avait une lueur changeante dans son regard et ses yeux étaient à présent aussi noirs que des fonds de bouteille. Les rides de part et d'autre de sa bouche étaient plus prononcées qu'à l'ordinaire, lui donnant un air insolent et désespéré.

Après toutes ces années, ce que je ressentais le plus souvent face à Danilo, c'était une envie de le rouer de coups de poing. Ou bien le désir de le serrer dans mes bras. Et, le plus fréquemment, les deux à la fois.

« Écoute, il a repris, les yeux de nouveau mi-clos. Ne demande pas ce qu'on va faire dans le désert. Je ne sais pas ce que tu as à perdre, toi, mais moi je n'ai plus rien, ma vie est déjà un désert. Où que je me tourne, le paysage est plat. Il n'y a pas de route, pas de direction. Tout est aride et je ne sais pas où aller… » Il a levé une main et fait un geste vague dans l'air. « Quelle que soit la saleté qui me ronge depuis toujours, je dois guérir. Je dois guérir et retourner auprès de ma femme. Retrouver mon travail. Reconquérir mon public, relancer ma carrière, reprendre ma vie en main.

— Voilà donc ce que tu espères, ai-je de nouveau soupiré. Reprendre ton ancienne vie.

— Ai-je autre chose à espérer ?

— Avant aussi, tu étais déprimé. Quand tu faisais tes spectacles au café-théâtre et que tu étais avec Cinzia.

— Cette fois, ce sera différent. Cette fois, je serai un autre homme. Plus motivé, plus présent. J'y mettrai une énergie plus positive.

— Grâce au chaman.

— Grâce au chaman, oui : pourquoi pas. »

On apercevait encore le sillage d'un des avions, une longue ligne argentée presque parallèle à l'océan qui ressortait sur l'horizon bleuâtre. Tout était trop intense, électrique et suspendu. La lumière, le paysage. Mon ami et moi, deux hommes sans femmes, douloureusement libres dans cet été californien. La complexité de nos souvenirs.

« Et toi, qu'est-ce que tu veux faire ? ajouta Danilo. Attendre le mariage de Kareen, et après ? Attendre jusqu'à ce que tu ne te sentes plus coupable de lui avoir fait ce que tu as fait ? Rester ici indéfiniment et laisser ce moine incroyable, le type bedonnant, t'observer avec ses jumelles ? Qu'envisages-tu réellement de faire, mon vieux ? »

*

C'était un dimanche. Ce jour-là, le brouillard matinal s'est peu à peu dissipé, à mesure que la lumière augmentait, et le ciel est resté d'un blanc incertain.

J'ai assisté à la cérémonie dominicale des moines – les psaumes qu'ils chantaient, le silence profond tandis que le prieur tendait l'hostie à chacun de ses frères.

Je les ai regardés tout en demeurant à l'écart, distrait par mes pensées qui s'enroulaient l'une autour de l'autre. Danilo, je l'ai retrouvé un peu après, du côté du réfectoire, il était occupé à raconter une histoire salace au sujet de Monica Lewinsky à un groupe de visiteurs manifestement ravis.

L'après-midi, j'ai aidé Father Raimundo à tailler les rosiers dans le jardinet de sa cellule, après que les chevreuils eurent fait une nouvelle incursion et tout dévasté. Il fallait couper les branches abîmées et redresser les boutons qui avaient survécu. « Pauvres créatures, soupirait le prieur en grattant sa barbe blanche. Pauvres créatures », sans qu'on comprenne s'il parlait des roses ou des chevreuils affamés.

Là-haut, le blanc devenait plus dense et pesant, un ciel

de barbe à papa prêt à s'abattre sur nos têtes. Des bouffées de vent humide agitaient les feuilles des buissons.

Après que le prieur se fut retiré pour méditer, je me suis occupé de l'enclos du jardin, remplaçant certaines des planches manquantes dans l'espoir de décourager d'autres incursions de la part des quadrupèdes. J'étais en train d'en planter une dans le sol quand une première goutte a frappé ma nuque. J'ai levé la tête. Tiède, épaisse, une deuxième a frappé mon front et j'ai senti un frisson me parcourir. Le ciel était à présent électrique, gris, et quelques secondes plus tard un vrai déluge s'est abattu.

J'ai couru vers ma caravane en traversant le sentier, dans l'air qu'envahissaient les parfums soulevés par la pluie – terre mouillée, fleurs, herbe, mais aussi l'odeur d'encens qui imprégnait les murs des cellules et qui se réveillait à présent tel un vieil enchantement.

C'est alors que je me suis figé sur place. Plus bas, au-dessus de la ligne des collines, deux petits avions sombres survolaient la côte.

J'ai plissé les yeux. À cette distance, je n'arrivais pas à me faire une idée de leurs dimensions exactes.

Dans la pluie dense, j'ai vu deux silhouettes monter dans le ciel et battre des ailes. Enfin, j'ai compris. Indifférents à la pluie, les grands condors ont pris de l'altitude, deux créatures noires et ailées qui se dressaient, comme décidées à s'élever plus haut que les nuages. Ils sont restés quelques instants en équilibre, puis ils se sont laissés tomber en planant, presque en dansant, et ils sont descendus en faisant de larges cercles.

« Ils sont magnifiques, tu ne trouves pas ? »

La question m'a fait sursauter. Une pointe d'embarras

m'a coupé le souffle, quand je me suis rendu compte de l'endroit où j'étais. Je me trouvais juste à côté de la cellule de Brother Lucius, et le moine au regard assassin était là-haut, sur le toit de sa maisonnette, assis sur une chaise en plastique, des jumelles à la main et ses vêtements trempés.

« Ma foi… oui. Magnifiques. » La pluie battait sur ma tête et sur mes épaules. Mon embarras a augmenté quand j'ai réalisé que le moine s'était levé. Je ne pouvais pas y croire. Il allait me rejoindre. Malgré son corps lourd, il a descendu avec agilité les marches de la petite échelle en bois appuyée contre le toit de sa cellule, tandis que je gardais les yeux fixés sur les évolutions des condors et que je réprimais, non sans difficulté, l'envie de m'enfuir.

*

Il s'est placé à côté de moi et nous sommes restés là tous les deux, le regard tourné vers les condors.

« Vois-tu, a commencé Brother Lucius, d'après certaines tribus indiennes les condors furent les grands créateurs. Ils auraient créé l'espèce humaine après le Déluge. D'autres tribus au contraire affirment qu'ils furent les grands destructeurs. » Il m'a tendu ses jumelles. « Ce n'est pas toujours facile de les observer. Tout le monde n'arrive pas à les voir. »

En effet, ils étaient impressionnants. Les grandes ailes tendues, le collier de plumes duquel dépassait un cou violacé, le bec courbé qui fendait l'air. La pluie et les verres des jumelles donnaient aux rapaces un air un peu flou, on aurait dit les créatures d'un rêve agité et fuyant.

J'ai essayé de suivre la trajectoire de leur vol. Mais la proximité du moine me troublait. Je n'arrivais pas à l'interpréter : était-ce le début d'une conversation ? L'homme le plus taciturne du monastère et moi, sous les trombes d'eau d'un orage ?

Quand je lui ai rendu les jumelles, il a semblé me caresser de son regard énigmatique. « Ton ami. Celui qui porte des tee-shirts humoristiques... »

J'étais sûr qu'il allait se plaindre à cause de l'histoire du sirop d'érable. Ou de quelque autre stupidité commise par Danilo, ou encore de la trop longue durée de mon propre séjour, tant qu'on y était. « Je suis désolé, j'ai commencé à répondre.

— J'ai entendu dire qu'il voulait entreprendre un voyage, il a repris, comme s'il ne m'avait pas entendu. Et qu'il t'avait demandé de l'accompagner. » Ses yeux clairs qui, pendant des semaines, m'avaient tant inquiété paraissaient maintenant briller dans la pénombre de l'orage. « Jeune homme, ne fais pas cette tête. Je ne veux pas te chasser. »

Je devais effectivement avoir l'air hébété. La stupeur me donnait presque le vertige.

« Vois-tu, il a poursuivi, tandis que la pluie lui lavait le visage et coulait sur sa poitrine, je sens que tu as peur. »

J'ai baissé les yeux. « C'est vrai, en vous voyant là-haut, avec des jumelles...

— Pas peur de moi », il m'a interrompu. Sa poitrine s'est mise à se secouer légèrement, d'une façon qu'au début je n'ai pas comprise. « Peur de partir avec ton ami, voulais-je dire. C'est normal. Qui sait ce que tu trouveras là-bas, dans le désert. »

La pluie ne cessait de lessiver Big Sur et les reliefs des Santa Lucia Mountains.

Tout au fond, les condors poursuivaient leurs évolutions et l'océan avait la même nuance que le ciel, un gris qui faisait penser à une étendue de cendres.

Peut-être avait-il raison, peut-être avais-je surtout peur de partir. Et peut-être le ton de Brother Lucius était-il amical, ai-je commencé à me dire. Et s'il n'était pas hostile, lui, s'il ne l'avait jamais été, s'il avait seulement été intrigué ? « Mais ça ne change rien au problème, j'ai observé. Je n'ai pas l'intention d'y aller, je ne vois pas pourquoi je devrais. »

Il a passé ses mains sur sa chemise, par-dessus son gros ventre, comme s'il voulait les essuyer. Plus bas, ses pieds nus dans les sandales nageaient dans le filet d'eau qui s'était formé sur le sentier. « Vois-tu, je t'ai observé ces temps-ci.

— Ah oui ? » j'ai pu répondre d'un ton léger.

Une nouvelle petite secousse a agité sa poitrine. « Et je me demandais : quel est le véritable problème de ce garçon ? Qu'est-ce qui le travaille ? Essaie de me répondre en une phrase. Essaie de me résumer la difficulté de ta vie.

— Diable, ai-je commenté.

— Essaie. »

J'ai pensé à Danilo, aux rides de désolation qui encadraient sa bouche. Seul, déprimé, sous tranquillisants, au chômage et au bord de la misère, prêt à dépenser ses dernières économies pour partir à la recherche d'un guérisseur, dans l'espoir que celui-ci l'aide à retrouver sa vie d'avant. Celle-là même qui l'avait rendu malade. J'ai pensé à tout ça et à mon incapacité complète à lui fournir le moindre secours. J'ai pensé à Kareen, aux nuits où elle mordait son oreiller pour dissimuler une nouvelle crise de larmes, ignorant que j'étais réveillé et que je l'entendais. J'ai pensé à ce que je lui avais fait. « Je n'ai pas su aimer une femme comme j'aurais dû.

— C'est de cela qu'il s'agit ?

— Je me sens inapte à aider quiconque.

— Explique-toi mieux.

— Je vois la douleur des autres et je ne sais pas quoi faire. Peut-être même que ça m'est égal.

— Mieux, il a insisté.

— Je vis dans un monde où personne n'arrive plus à aimer les autres... On ne peut comprendre les autres, on ne peut plus faire confiance aux autres. Un monde sans aucun amour possible », j'ai gémi, tandis que l'eau coulait sur nous, tiède et en rythme. J'avais le cœur qui battait douloureusement dans ma gorge.

« Tu ne le penses pas vraiment. Tu aimes ton frère, tu aimes ton ami. Tu aimais cette femme.

— Ce n'est pas suffisant.

— Qu'a-t-il bien pu se passer de si terrible ? Je me le demande. » Brother Lucius a pris une grande respiration. Les odeurs d'encens et de terre humide flottaient toujours dans l'air, avec en plus un parfum de résine provenant de quelque arbre, si intense que j'avais les yeux qui piquaient. « Et comme, là-dehors, le monde te paraît trop aride, presque inexistant, il a continué d'une voix douce, tu as décidé de venir te réfugier chez nous.

— Je n'ai aucun autre endroit où aller, j'ai avoué, bouleversé par mon propre accès de sincérité.

— Si tu n'as vraiment plus rien à perdre, je me

demande pourquoi tu ne prends pas ce risque. Pourquoi ne pas accepter de partir ? »

À mon tour, j'ai inspiré. « C'est ce que dit aussi Danilo, j'ai admis.

— Alors tu vois, a approuvé Brother Lucius. Au fond, on dirait que vos voyages ne sont pas si différents, le tien et celui de ton ami. Ce pourrait être un seul et même voyage. »

Ma gorge continuait à pulser comme si je venais de me réveiller après un de mes rêves.

Nous avons longuement parlé sous l'orage, jusqu'au moment où celui-ci s'est interrompu et où il est clairement apparu qu'il était temps d'aller chercher une serviette ainsi que des vêtements secs.

Mais d'abord nous nous sommes serrés l'un contre l'autre, Brother Lucius et moi. C'est arrivé presque instinctivement. Qui l'eût cru ? Sa poitrine s'est remise à se secouer et j'ai compris qu'il riait. C'était un rire bienveillant, presque imperceptible, tel le bruit d'une minuscule cascade qui se noyait dans celui de la pluie et dans le grondement de l'océan. « Et puis le désert est un endroit intéressant, il a murmuré. Il y a beaucoup d'espace, la vue s'élargit. Dans le désert, on voit plus de choses », il a conclu, telle une promesse.

II

On the road

Deux ou trois jours après, Rudi nous a accompagnés à San Luis Obispo, à une heure et demie de route au sud, dans le véhicule du monastère. Là, nous avons longé un petit lac puis erré dans les faubourgs de la ville avant de trouver ce que nous cherchions : un loueur de voitures.

« Celle-ci, a affirmé Danilo en désignant un monospace couleur sable. Sa teinte sera parfaitement adaptée aux paysages du désert », il a déclaré avec satisfaction.

C'était une chaude matinée et, bien qu'il n'y eût guère de circulation sur le parking, je regardais autour de moi, comme étourdi.

Déjà la paix et la sécurité du monastère me manquaient. Je songeais aux enclos que je n'avais pas eu le temps de réparer et à la virée que nous n'avions pas encore faite à Monterey, Rudi et moi, afin de nous baigner. À présent, nous roulions vers le sud. Nous devions faire étape à Santa Monica, chez de vieux amis du monastère auxquels Father Raimundo nous avait demandé de remettre un paquet, puis nous nous enfoncerions dans l'intérieur des terres.

Je suis allé signer les papiers dans le bureau du loueur, non sans essayer au préalable d'obtenir un rabais.

J'étais inquiet pour notre budget. Tout ce que j'ai pu obtenir comme cadeau, ç'a été la mascotte de la compagnie, un singe en peluche portant un tee-shirt blanc sur lequel on pouvait lire : DRIVE ME SAFELY TO THE BANANA SHOP.

Une fois de retour, le singe dans les mains, j'ai trouvé Danilo et mon frère aux prises avec l'autoradio du véhicule.

Ils étaient en train de l'essayer, m'ont-ils expliqué en riant. Les portières avant étaient grandes ouvertes, les haut-parleurs crachaient un vieux morceau à plein volume et, sous le soleil, ils dansaient tous les deux, extatiques, au rythme de la chanson. « Attention, ton Dieu te voit ! a lancé Danilo à Rudi en guise de provocation.

— Quel est le problème ? Ça lui plaît de nous voir danser », a répondu mon frère.

Dans la lumière du matin, la carrosserie de la voiture brillait tel un coquillage entrebâillé.

Rudi dansait pour son Dieu. Danilo dansait pour le désert qu'il voulait rejoindre et vers lequel il m'entraînait. Le volume était si haut que les haut-parleurs vibraient dans les portières, et New Order répétait ce refrain hypnotique : *Tell me how do I feel. Tell me now how do I feel.*

Leurs mouvements. Le soleil dans leurs cheveux. J'ignorais encore combien de fois à l'avenir je fermerais les yeux et reverrais cette scène, inchangée, si ridicule et si belle.

Un employé du loueur de voitures est sorti pour se plaindre. « Laisse-nous fêter ça, l'ami ! lui a hurlé Danilo.

On part pour une grande aventure ! » Mais Rudi a eu le bon sens de baisser le volume.

Il était temps de se saluer. Nous avons transféré dans la voiture de location les bagages et la tente de camping que Rudi avait proposé de nous prêter. Peut-être nous serait-elle utile là-bas, dans le désert, on ne pouvait pas savoir à l'avance. Mon frère m'a aidé à tout ranger dans le coffre. « Tu vas me manquer, il a dit avec son habituel sourire, mais sans avoir l'air de trop regretter notre départ.

— Peut-être était-ce le moment pour moi de débarrasser le plancher, j'ai reconnu.

— Ce n'est pas ça, il a répondu, toujours en souriant. Je crois que ça peut être une belle aventure pour toi aussi.

— On verra », j'ai observé, dubitatif. Nous nous sommes embrassés. J'ai senti à travers son tee-shirt son torse sec comme celui d'un adolescent, et j'ai songé avec un mélange de fierté et de stupéfaction que c'était mon frère, c'était bel et bien mon frère, et qu'il aimait Dieu, il était plus jeune que moi et il était parvenu à trouver sa place dans le monde.

Rudi a également embrassé Danilo. « À bientôt.

— Pas mal, ta sangria », a conclu Danilo, avant de prendre le volant et de mettre le moteur en marche.

*

Nous roulions depuis un peu plus d'une heure lorsqu'il a suggéré de faire une halte.

Encore incapable de me détendre, j'ai tambouriné sur

le tableau de bord en respirant l'odeur caractéristique des voitures de location. J'ai baissé ma vitre d'un centimètre. « Tu n'avais pas hâte de t'éloigner de Big Sur ? j'ai demandé.

— Tu peux le dire. » Il a tourné le volant pour suivre une courbe de la State Route 1, l'océan écumant au-dessous de nous. De l'autre côté, les collines couvertes de redwoods et de chênes formaient de hautes vagues d'un vert inhabituel, une série de Sphinx sensuels et mystérieux, au profil gommé par l'éclat du soleil. C'était l'extrême limite de la côte ouest, avec le Pacifique devant et tout l'Occident derrière. Et nous roulions sur cette frontière, dans un monospace couleur sable. « J'étais pressé de t'emmener loin de cet endroit, tu peux le dire. Encore un peu et tu m'aurais annoncé que tu voulais te faire moine.

— Tu délires. Je ne suis même pas croyant, j'ai protesté.

— Jure-moi que tu n'as jamais caressé l'idée de t'enfermer là-bas pour toujours, comme ton frère. Et de laisser les autres dans la merde, y compris ton pote Danilo. »

D'un coup, ça m'a fait sourire. « Imagine, j'ai dit. Imagine mon père, si un jour il se retrouve vraiment avec deux fils moines. »

Danilo a éclaté de rire. « Il préférerait cent fois deux fils pédés.

— Tout, mais pas deux moines.

— Ha ha ha », il a continué à rire. L'air du dehors était piquant, aussi pur que du cristal.

« En tout cas, il ne risque rien. »

Danilo ne riait plus. Il m'a alors expliqué pourquoi il

voulait faire une pause. «J'ai un besoin naturel à satisfaire et j'ai faim. Sans parler d'une certaine *soif...* » Il a serré le volant, m'a jeté un coup d'œil et, comme s'il ne se rendait compte que maintenant que nous étions en voyage, pour de bon en voyage, il a lancé un cri d'enthousiasme.

Le bar où nous nous sommes arrêtés était une construction à deux étages et aux murs turquoise, enchâssée dans une aire de repos panoramique.

À l'intérieur, Danilo est allé aux toilettes, puis il m'a rejoint, s'asseyant à la table de bois brut. « Qu'est-ce qu'il y a de bon à manger? il a demandé en se frottant les mains.

—Je ne sais pas. Ça semble être un endroit correct.» Au fond de la salle, la liste des jus de fruits pressés était écrite à la craie sur une ardoise.

« Ce sera toujours mieux que faire le ramadan chez tes amis moines», il a observé, tout en levant le bras à l'attention de la serveuse. Et, dès que cette dernière s'est approchée, il a passé commande : « Mon ami et moi prendrons deux gros hamburgers avec du fromage. Et beaucoup de frites.

—Je ne suis pas sûr de vouloir un hamburger, j'ai objecté.

— Bien sûr que tu en veux un. Tu en as bien besoin, après des mois à ingurgiter des boulettes de tofu.» Il s'est adressé à la serveuse : «Je l'ai aidé à s'enfuir d'une colonie de végétariens fanatiques.

—Je vois», a commenté la fille, guère impressionnée. Elle avait les cheveux teints en turquoise, comme les murs du restaurant. « Vous boirez quoi?

— Gin tonic, a répondu Danilo.

— On ne sert pas d'alcools forts.

— Ah bon ? il a fait, incrédule. Alors une vodka lemon.

— Monsieur, on ne sert pas d'alcools forts. »

Danilo a lorgné du côté des autres tables occupées dans la salle, peut-être espérait-il repérer des verres à cocktail. Il s'est pris la tête à deux mains. « Ce n'est pas possible. On est où, dans un film de science-fiction ?

— Je peux vous apporter une bière, a signalé la fille d'un ton plus compréhensif.

— D'accord. Va pour une bière, il a répondu d'une voix d'outre-tombe. Les Californiens sont des maniaques de la santé, s'est-il plaint quand nous avons de nouveau été seuls.

— Tant mieux, j'ai dit. N'est-ce pas ton voyage de guérison ?

— Guérison, oui. Mais pas forcément désintoxication. » Telle a été sa réponse. « Le désert sera différent. C'est un lieu vrai, le désert, sans ces chichis de hippies obsédés par la forme et sans Fée Bleue qui sert aux tables. »

Dix minutes plus tard, tandis que Danilo était occupé à twitter sur l'écran de son téléphone, de contrôler frénétiquement le nombre de *Like* et de commentaires sur ses pages personnelles, avant de vérifier dans quels blogs on parlait de lui et de ses spectacles… la Fée Bleue nous a apporté nos assiettes. Elle les a posées sur la table et nous a souhaité bon appétit.

« Regarde ça, il a commenté en se penchant sur l'assiette et en respirant les effluves que dégageait le hamburger. Regarde le miracle de cette viande grillée, compacte, habillée de fromage et de ketchup, de cette tranche d'oignon avec ses dizaines de cercles concentriques, telles les orbites d'une fabuleuse cible. » Il a respiré une nouvelle fois, puis il a refermé le sandwich et mordu dedans. « Un miracle. Un miracle américain. »

Ce n'était pas mal, je ne pouvais pas le nier. Pendant que je mastiquais, mon regard a croisé celui de la serveuse à l'autre bout de la salle et je me suis demandé ce qu'elle voyait. Deux touristes affamés, deux étrangers sans femmes qui se dirigeaient allez savoir où.

« Écoute, a repris Danilo, la bouche pleine. Ce soir, notre étape à Santa Monica… Tu es sûr qu'on doit s'arrêter ? »

Je l'ai fixé droit dans les yeux : la bouche graisseuse, les yeux fous, les deux rides précoces de chaque côté de la bouche telles des virgules. Sa main serrant encore le téléphone, indispensable amulette. « Détends-toi », il a ajouté, la bouche toujours pleine.

Je ne savais pas vraiment ce qui m'inquiétait. Peut-être me demandais-je quand Danilo aurait une de ses cycliques dépressions nerveuses. Ou bien commençais-je à m'interroger sur la nature du traitement que le fameux chaman lui proposerait, une fois que nous l'aurions trouvé. Si nous le trouvions.

« Santa Monica, on doit, j'ai confirmé. Je ne pouvais pas refuser ce service à Father Raimundo. »

*

Nous avons continué à longer la côte vers le sud, jusqu'à Ventura, où nous avons bifurqué vers l'intérieur des terres en passant par la San Fernando Valley, puis de nouveau vers le sud en direction de la côte, afin de rejoindre notre étape.

Danilo avait pris deux bières pour faire passer son hamburger. À présent, assis dans le siège du passager, il consultait le navigateur de son téléphone et m'indiquait la route : « Comment deux anciens moines peuvent-ils se permettre de vivre dans cet endroit ? » il a demandé alors que nous circulions dans les rues de Santa Monica, lorgnant les villas qui bordaient la route, à l'ombre des files de palmiers et entourées de jardins dûment irrigués.

« À ce que je sais, ils enseignent à l'université », j'ai répondu.

Des voitures qui transportaient des planches de surf sur le toit rentraient de la plage, avançant dans le soleil de cette fin d'après-midi.

Un peu plus loin, nous avons aperçu la silhouette rectangulaire du Santa Monica College. Derrière s'étendait l'immensité enchevêtrée de Los Angeles, que nous traverserions d'ici peu, dans environ une demi-heure, supposais-je, en direction du désert.

Mais, dans l'immédiat, nous étions arrivés à destination. Nous nous sommes arrêtés devant une maison basse peinte dans une couleur crème.

Un chien assis sur le seuil s'est mis au garde-à-vous dès qu'il nous a vus et a aboyé en remuant la queue.

C'était un labrador au poil marron clair et lumineux : il nous a gentiment escortés jusqu'au jardin derrière la maison, où nous avons trouvé ses maîtres aux prises avec un barbecue fumant. « Bienvenue ! a lancé l'un d'eux en venant vers nous. Je suis Martin. »

Il avait la cinquantaine, il était bronzé, vêtu d'une chemisette et d'un caleçon de bain. Les cheveux courts et la barbe devaient être un souvenir de sa vie au monastère. Il n'était pas très grand, mais il avait une allure sportive – une planche de surf était posée contre le mur de la maison et séchait.

L'autre homme s'appelait Paul, il avait à peu près le même âge et des traits orientaux. Il portait un tablier de cuisinier. « Je fais griller du fromage et des légumes, a-t-il annoncé d'une voix grave, on aurait dit celle d'un chanteur.

— Naturellement vous restez dîner. Et dormir ici, a ajouté Martin.

— Eh bien..., j'ai fait, lisant un manque certain d'enthousiasme dans le regard de Danilo. On avait prévu de traverser la ville ce soir et de dormir dans un motel à l'entrée du désert.

— Il y a beaucoup de place, a répondu Martin en désignant la maison. Notre chambre est à l'étage, vous aurez tout le séjour à disposition. Deux confortables canapés-lits. Inutile de gaspiller votre argent dans un motel. » Il a indiqué le paquet que j'avais à la main : « Et ça, c'est pour nous ?

— Ah oui. De la part de Father Raimundo. » Je le lui ai tendu.

« J'adore ça », a commenté Martin avec un petit rire, tout en ouvrant le paquet.

C'étaient des pots de pêches à l'eau-de-vie, préparées par le vieux prieur en personne. À travers les récipients en verre, les pêches ressemblaient à de petites joues rondes. « Il m'en fait parvenir chaque fois qu'il en a l'occasion. Cet homme me traitait comme un fils », a observé

Martin et, l'espace d'un instant, une légère grimace de nostalgie a paru troubler son expression rayonnante.

« Eh, il y avait donc autre chose comme alcool, au monastère, a fait remarquer Danilo.

— Prenez-en un pot. Vous les mangerez dans le désert, a dit Martin.

— On ne peut pas accepter, c'est un cadeau pour vous, j'ai répondu.

— On le prend », m'a contredit Danilo, et il a saisi le pot que lui tendait Martin. Puis il l'a serré entre ses mains tout en continuant à regarder autour de lui avec soupçon.

Peu après, tandis que Martin rejoignait Paul près du barbecue afin de voir si le dîner était cuit, mon ami a râlé à voix basse : « Tu ne m'avais pas dit que ces deux-là formaient un couple.

— À quoi t'attendais-tu ? Ce sont deux hommes qui vivent ensemble.

— Ça ne me plaît pas.

— Quel est le problème ?

— Des moines qui se mettent ensemble : qu'est-ce que c'est que ce truc malsain ? Ça ne me dit rien. Je ne veux pas rester ici.

— D'*anciens* moines. On économisera le prix d'une chambre dans un motel.

— Je veux qu'on s'en aille.

— Tu ne trouvais pas les pêches à l'eau-de-vie malsaines. Et je parie que le dîner ne te fera pas cette impression non plus.

— Je t'ai dit que je voulais... » Le chien Otto l'a interrompu. Il s'était approché et s'est mis à mugir amicalement. « Oh, ne fais pas ça », a dit Danilo en lui caressant la tête. Il avait toujours eu un faible pour les chiens. « Tu le sais, n'est-ce pas, que tu es l'être le plus normal dans cette maison ? Entre un maître moine surfeur et l'autre qui ressemble à Yoko Ono.

— Danilo... », j'ai protesté. Mais Otto était si affectueux qu'il semblait l'avoir conquis et, deux minutes plus tard, nous étions assis autour d'une table ronde dans un coin du jardin. Le soleil s'était couché, des bougies à la citronnelle diffusaient une lumière jaune et les systèmes d'arrosage se mettaient en route, à tour de rôle et rythmiquement, dans les jardins des environs.

*

Au cours du dîner, Martin s'est montré le plus loquace. Comme nous arrivions de Big Sur, il nous a demandé des nouvelles de ses anciens condisciples.

Puis il nous a raconté des anecdotes. La fois où un invité, un hippie, avait provoqué un début d'incendie avec un mégot de pétard. Celle où Father Raimundo avait installé un épouvantail dans le jardin, espérant faire fuir les chevreuils. Et celle où lui, Martin, avait annoncé qu'il partait vivre avec un moine bouddhiste rencontré lors d'une conférence. Ça s'était passé quatre ans plus tôt. Pris au dépourvu, ses frères avaient tardé à comprendre : au départ, ils pensaient qu'il avait l'intention de fonder une nouvelle communauté interconfessionnelle. À ces souvenirs, Martin a souri, tandis que Paul passait les assiettes.

Danilo s'est servi généreusement, dressant dans son assiette un périlleux tas de nourriture. Dans le même temps, il réagissait aux récits de Martin par des grimaces d'ennui qu'il ne prenait pas la peine de dissimuler.

Pour finir, aucun de ses frères ou presque ne s'était montré scandalisé par son choix, a repris celui-ci. La plupart d'entre eux l'avaient même béni.

« T'arrive-t-il de retourner voir tes anciens compagnons ? » j'ai demandé. Il y a alors eu un silence embarrassé et j'ai eu l'impression d'avoir posé une question malvenue.

Les maîtres de maison ont échangé un regard, celui que se lancent deux personnes quand la conversation aborde un sujet épineux, déjà évoqué cent fois. Mais Martin n'a pas perdu sa bonne humeur. Il s'est étiré sur sa chaise et s'est remis à raconter : « Je me rappelle qu'un des frères m'a pris à part l'avant-dernier jour et qu'en riant à sa façon il m'a dit : "Ne crois pas qu'aimer une personne en chair et en os sera plus facile qu'aimer l'Esprit." Brother Lucius, ce vieux renard. Vous l'avez rencontré ?

— On peut dire ça, a répondu Danilo, en glissant une fourchetée dans sa bouche.

— Un sacré personnage, a repris Martin en riant. Je comprends qu'il ait pu vous paraître bizarre à première vue.

— On peut dire ça », a répété mon ami. Puis il a fait un clin d'œil à Otto qui l'observait, assis à un pas de lui, et il lui a lancé un morceau. « Je pourrais écrire un sketch sur les types bizarres que je rencontre par ici. »

Il y a eu un nouveau silence. L'odeur de la nourriture grillée se mêlait dans l'air à celles du charbon et de l'herbe mouillée.

Bien que le repas fût délicieux, je ne m'étais pas servi aussi abondamment que Danilo. Je soupçonnais mon organisme de ne pas avoir bien digéré le hamburger du déjeuner.

Dans ma bouche, la saveur de la nourriture se mélangeait à la tension vague et incessante qui accompagnait les répliques de mon ami. « Tu devrais être reconnaissant à Brother Lucius, je lui ai rappelé. C'est lui qui m'a persuadé de faire ce voyage avec toi.

— Justement, il a répondu. On dirait qu'il aime bien chasser les gens de son monastère.

— Eh bien, il se pourrait qu'il me voie réapparaître plus tôt que prévu, j'ai observé en serrant les dents.

— Je n'arrive pas à t'imaginer rentrant dès ce soir à Big Sur, mon cher, alors que tu as salué les moines comme si tu partais en mission sur Mars. Ce n'est pas ton style. » Il a glissé une autre fourchetée dans sa bouche. « Sans compter qu'en vérité tu n'as qu'une hâte, c'est d'aller dans le désert avec moi.

— Ça, c'est ce que tu crois. »

Invisibles, les systèmes d'arrosage continuaient leur œuvre et leur sifflement se mêlait à la vibration de quelque voiture qui passait sur la route.

Quatre hommes et un chien, dans un jardin et à la lumière des bougies. Ça n'aurait pas été si mal, sans la conversation quelque peu crispante. Martin l'a de nouveau relancée : « Quel est votre itinéraire ? » il a demandé.

Il avait fait plus d'un voyage dans le désert, nous a-t-il raconté. Le lendemain matin, avant notre départ, il chercherait des cartes qu'il conservait, des cartes très détaillées des comtés du sud de l'Arizona. Elles pourraient nous être utiles. Il ignorait tout de notre chaman, mais il était sûr que ce serait une expérience extraordinaire, il n'avait aucun doute à cet égard.

*

« Après qui en a-t-il ? » m'a demandé Martin. Nous étions retournés près du barbecue installé sur un trépied, lui et moi, pour faire griller de la guimauve enfilée sur de longues tiges.

L'odeur du sucre fondu se répandait autour de nous. Non loin, Paul s'occupait de débarrasser la table et Danilo jouait avec Otto.

J'ai observé mon ami à l'autre bout du jardin. Il avait couru, afin d'inciter le chien à le poursuivre, et une tache de sueur était apparue dans son dos, entre les omoplates, elle avait plus ou moins la forme d'un cœur.

Encore une excellente question. Après qui en avait Danilo ?

Après la banalité de la souffrance humaine, supposais-je. Après le monde, qui était devenu un absurde trou noir. Après l'Italie, après Milan, après tout ce qui lui était arrivé. Après mon frère, parce qu'il était moine. Après nos deux hôtes, parce qu'ils ne l'étaient plus. « Il ne le sait pas lui-même, j'ai répondu. Dans une certaine mesure il en a aussi après moi, j'imagine.

— L'amitié qui vous lie est sincère. Je ne peux pas t'expliquer pourquoi, mais ça se voit.

— On se connaît depuis pas mal d'années. » J'ai tourné les brochettes de guimauve. De petites bulles éclataient à leur surface grillée.

J'ai tenté de m'expliquer : « Sa femme l'a quitté récemment, il l'adorait. Enfin, à sa manière. Et bien qu'il lui ait toujours été fidèle. Parfaitement fidèle. Alors que moi, dans la relation que j'avais... » Je me suis éclairci la gorge. « Disons que je n'ai pas été un saint, je n'ai pas été un modèle de fidélité. S'agissant de mes frasques amoureuses, Danilo ne lésine pas sur le sarcasme. »

Martin a hoché la tête. Son visage que doraient le soleil et le reflet des vagues était illuminé par la chaleur du gril. Certaines rides s'élargissaient au coin de ses yeux, pareilles aux branches d'une étoile de mer. « Et la personne avec qui tu étais, t'a-t-elle pardonné ? »

Sa question m'a pris par surprise. « Je ne sais pas si elle m'a pardonné. C'était très compliqué. Ce que je sais, en revanche, c'est qu'elle va épouser quelqu'un d'autre. » J'y ai réfléchi, mais je n'avais pas grand-chose à ajouter. Une brise intermittente me rafraîchissait le front et soufflait sur les braises du charbon.

Tout au fond du jardin, Otto a aboyé, invitant son camarade de jeu à le poursuivre.

Nous avons regardé Danilo se jeter par terre, à court de respiration, et rester là à observer le ciel.

Martin et moi nous sommes tous deux dit la même chose, je crois, ou peut-être est-ce moi seul qui le pense à présent, au souvenir de cette soirée. L'homme allongé dans l'herbe en avait surtout après lui-même. C'était une pensée tellement simple qu'elle aurait semblé brutale si quelqu'un l'avait exprimée à voix haute.

La brise continuait de souffler. Quelque chose a paru s'allumer en moi de façon silencieuse, comme le charbon du barbecue.

J'ai soupiré. Ç'avait été une longue journée – saluer mon frère, louer la voiture, manger le hamburger indigeste de la Fée Bleue –, et demain il faudrait prendre la route en direction du désert, alors que je n'avais toujours pas la moindre envie de faire sa découverte. « Je suis heureux de m'être arrêté ici ce soir. »

Martin a souri. Les branches d'étoile de mer sont apparues plus nettement au-dessus de ses pommettes. Sa barbe et ses sourcils étaient d'une couleur indéfinissable, entre blond et gris. « Tu m'as l'air fatigué.

— Un peu, j'ai admis. Mais je crois que ce sera difficile de dormir, loin de la caravane sur la colline. »

Il n'était pas nécessaire que je rappelle à Martin la paix enchanteresse de l'ermitage.

Il a de nouveau hoché la tête. « Pour répondre à ta question de tout à l'heure : j'aimerais bien aller voir mes anciens frères, il a dit en baissant la voix. Souvent Big Sur me manque. Le brouillard sur la falaise, le chœur des grillons dans la forêt et cette qualité de silence si particulière. Même l'odeur de marijuana que les invités hippies laissaient derrière les buissons me manque. Et les voix réunies pour chanter les psaumes me manquent plus que tout. »

J'ai attendu qu'il en termine.

« Mais si j'y allais... » Il a écarté les mains en signe d'hésitation. « En somme, je me demande si j'arriverais à revenir ici, à Santa Monica. »

La guimauve était un désastre, elle était trop cuite et fondait. « Je comprends, j'ai dit. C'est pour ça que Paul préfère que tu n'y ailles pas.

— Il ne veut pas me garder ici à tout prix. C'est à moi

de décider. » Il a saisi un morceau de guimauve et soufflé dessus avant d'en prendre une bouchée. « Je suis amoureux de lui, mais j'étais aussi amoureux de mon monastère. Maintenant encore je ne saurais pas répondre à cette question : est-il plus facile d'aimer un homme ou l'Esprit ? Ma vie, c'est cet ermitage religieux ou bien ici, dans cette petite maison entourée de palmiers à Santa Monica ? Vois-tu, à ma façon moi non plus je ne suis pas un modèle de fidélité. »

Il fallait reconnaître que nous formions un joli quatuor, ce soir-là.

Un ancien moine indécis, un ancien moine bouddhiste, un comique au chômage vêtu d'un tee-shirt imbibé de sueur sous l'effet combiné de la paroxétine et de qui sait quoi d'autre, et au milieu moi qui écoutais, somnolent, la voix de Martin.

Celle-ci ressemblait de plus en plus à un murmure, on aurait dit une berceuse. Bizarre, observait-il : depuis qu'il avait quitté Big Sur, il priait plus souvent.

Il priait intérieurement quand il faisait cours à ses étudiants, en examinant leurs jeunes visages purs. Il priait à gorge déployée quand il faisait du surf, debout sur le bord d'une vague. Il priait même au lit, près de Paul. Il caressait sa peau et il priait. Il s'endormait heureux et, dans le même temps, très inquiet. J'aurais voulu l'interrompre à cet instant, non parce que son récit m'embarrassait et pas seulement parce que j'étais à moitié endormi. Peut-être que quelque chose d'autre me dérangeait.

Martin se réveillait dans la clarté de chaque aube et il s'apercevait que c'était à présent l'autre qui priait, assis au pied du lit, les yeux fermés et murmurant les mantras du nouveau jour. Et Martin se rendormait, il se sentait vraiment très heureux. Et très inquiet.

*

J'ai flotté pendant trois ou quatre heures dans un sommeil léger, sur le canapé-lit dans le séjour de Martin et Paul.

Peut-être était-ce la faute du hamburger avalé au déjeuner. Ou peut-être me retournais-je dans mon lit sous l'effet de mes rêves confus, le cœur qui battait dans la gorge, cette collection d'images et de sensations – la peau claire de Kareen. La peau des autres filles, le souvenir de leurs bouches, la texture soyeuse de leurs cheveux que je retrouvais sur mes lèvres et qui me chatouillaient le visage, les mains, un pied. Surtout un pied.

Une idée a pulsé dans mon estomac. Pourquoi n'y avait-il eu personne au pied du mien, de lit, pour murmurer des prières au nouveau jour et appeler à bénir notre amour ? me suis-je demandé avec une pointe de désolation.

Ce n'était pas encore l'aube et, sur le canapé-lit perpendiculaire au mien, Danilo était bel et bien assis. Il manipulait son téléphone, le visage éclairé par la lumière de l'écran.

Flotter. Rêver. Haleter à la recherche d'air, et de nouveau cette sensation au pied.

Soudain, j'ai ouvert les yeux. Il y avait une ombre au bord du lit : c'était Danilo, qui chatouillait avec quelque chose mon pied dépassant du drap. « Qu'est-ce que tu fabriques ? » j'ai grogné, la voix encore pleine de sommeil.

Il s'est figé sur place dans la pénombre du séjour. « Rien, il a répondu.

— Tu veux m'empêcher de dormir.

— Non.

— Avec quoi est-ce que tu me chatouillais ? »

Un instant de silence. « Avec des poils d'Otto, il a admis. J'en ai trouvé là, sur le tapis. »

Je lui ai lancé un coussin. « Je ne veux pas savoir pourquoi tu faisais ça. Retourne te coucher.

— Il faut qu'on y aille, il a répondu. Ici, je n'arrive pas à dormir.

— Tu n'as même pas essayé.

— Je ne me sens pas à l'aise. » Il a tourné la tête comme pour regarder autour de lui. La silhouette des meubles affleurait dans la maigre lumière, tels les rochers au milieu de la lagune. Au mur, des reproductions montrant les piscines de David Hockney formaient comme des taches muettes, et on apercevait la statuette ronde de Bouddha, aisément reconnaissable, au sommet d'une bibliothèque.

Un léger rideau masquait la porte vitrée, filtrant à peine les reflets de la lune qui avaient envahi le jardin. « Je te l'ai dit, a repris Danilo. Cette situation est malsaine.

— C'est toi qui es malsain. Retourne te coucher et vire-moi les poils du chien. »

Les paupières serrées, je me suis tourné dans mon lit pendant encore une demi-heure. La planche de surf de Martin. Kareen qui se roulait en boule tel un hérisson et qui regardait le mur.

L'eye-liner noir d'une fille, dans les toilettes d'un bar des Navigli. Le visage d'une femme rencontrée sur Internet.

Danilo, Cinzia, Kareen et moi, faisant du patin à glace un soir d'il y a bien des années, quand notre vie nous semblait encore intacte. Contrairement à mon ami, je ne me faisais aucune illusion : je ne retrouverais pas ma vie d'avant. Dans ce cas, que voulais-je ? J'avais quitté le marché du travail depuis près de un an et la récession économique s'acharnait sur la planète telle la mousson. J'ai serré plus fort les paupières.

« Tu es réveillé ? Je sais que tu ne dors pas. » Danilo était debout à cinquante centimètres de moi. Il a sauté d'un pied sur l'autre. « Le désert nous attend.

— Qu'il attende. »

Il n'a pas bougé.

Je me suis frotté les yeux et, pour finir, je me suis levé, de mauvaise humeur, puis j'ai entrepris de fermer le canapé-lit, en silence, dans la maison endormie.

Il était quatre heures du matin. Il restait au moins une heure avant que le premier rayon du soleil n'apparaisse. Je ne savais pas pourquoi je capitulais face à Danilo. Quoi qu'il en soit, j'étais sûr de ne pas arriver à dormir. Nous nous sommes habillés, toujours en silence. J'ai rédigé quelques lignes pour remercier et m'excuser de ce départ précipité.

Dehors, j'ai frissonné dans l'humidité de la nuit. Éteintes, les bougies à la citronnelle étaient sur la table, on aurait dit une nature morte de cire. Nous avons fait le tour de la maison et débouché dans la rue, où le monospace nous attendait.

Otto nous a suivis pendant quelques mètres en grognant tout bas. « Désolé, bonhomme, a fait Danilo, il vaut mieux que tu restes ici. Je sais que tu préférerais avoir comme maîtres deux jeunes gars séduisants et hétéros, comme dans les publicités de nourriture pour chien, mais c'est la vie qui t'est échue. Ne perds pas tes poils partout. Et prends soin de toi. »

Tandis qu'il démarrait et que la voiture s'écartait du bord du trottoir, roulant sur la chaussée déserte, j'ai regardé en direction de la maison qui nous avait hébergés.

Je me sentais coupable. Partir de cette manière : c'était terriblement mal élevé. Pourtant, je ne pouvais ignorer la pointe de soulagement que je ressentais. Malgré les doutes de Martin, malgré l'indécision qui le tenaillait, il n'était guère difficile de comprendre qu'il avait de la chance : son problème, c'était un trop-plein d'amour, pour son Dieu et pour son homme. À mon avis, peu de gens avaient le même problème. Malgré moi, j'avais éprouvé de l'envie quand il m'en avait parlé à côté du barbecue, tandis que la guimauve fondait sur le gril.

*

Je garde de ce parcours en voiture un souvenir lunaire, dans un reste de pénombre électrique à travers la nuit de Los Angeles.

Les couleurs bleuâtres de la ville et les phares des autres voitures, le long des voies multiples de la Santa Monica Freeway. Danilo devait avoir étudié le parcours, car il conduisait avec assurance et, dans l'habitacle envahi par les lumières de la route, son profil semblait briller d'une lumière pâle contre la vitre.

Il a mis de la musique, Gonjasufi, un son acide et entraînant, avec ses chœurs rauques et mystiques, sa voix qui parlait d'ancêtres et de visions. Un chaman hip-hop. La ville était un mystère de stries lumineuses. Les bureaux et les commerces dominés par des néons spectraux, un *diner* de nuit et un serveur qui empilait des sacs-poubelle dans la cour, une façade d'immeuble noircie par un récent incendie. Le flash multicolore d'une station-service. Des immeubles, mille immeubles surmontés de répétiteurs d'ondes magnétiques. Quelque part plus au nord, ce devait être Hollywood, et nous avons aperçu au loin le reflet d'un gyrophare de la police, une nappe légère qui a aussitôt disparu, comme si elle avait simplement voulu nous indiquer la route. Nous avons pris vers l'est.

Nous avons coupé par la Pomona Freeway et, après un laps de temps indéfini, nous avons vu le ciel devant nous, à l'est, commencer à s'éclairer.

*

Que les moines fussent des hommes sereins, c'était juste une idée que je me faisais, il a observé. Nous étions dans un Starbucks le long de la route. Installés à une table du côté de la vitrine, nous buvions du café et nous regardions dehors l'asphalte laiteux que le premier soleil matinal réchauffait.

Je me suis laissé aller contre la chaise. J'ai avalé une gorgée de café amer et bouillant, mais la sensation rêveuse qui m'accompagnait depuis que nous avions quitté la maison de Martin et Paul ne me quittait pas.

Danilo, lui, laissait à peine entrevoir qu'il manquait de sommeil. Il avait les yeux mi-clos, à sa façon moqueuse, il buvait sa deuxième tasse de café et, à six heures et demie du matin, il était en veine de polémiques.

Il m'a craché son opinion au visage : d'après lui, des hommes qui prétendaient jouer les ascètes et s'enfermer dans un monastère ne pouvaient que devenir des frustrés, des types à la sexualité tordue, souffrant d'embarrassantes carences affectives. Comment faisais-je pour ne pas le comprendre, *précisément moi*, ha ha ha ? De toute évidence, ils avaient besoin d'une femme, ou d'un homme si c'est ce qu'ils préféraient. Ils avaient besoin de chaleur humaine. Besoin de sexe.

À la fin, on n'en pouvait plus, on rompait ses vœux et on partait vivre avec le premier bouddhiste croisé quelque part, sous le signe d'une promiscuité religieuse encore plus malsaine. Non, décidément il n'aimait ni les moines ni les anciens moines.

Dehors, la circulation augmentait sur l'autoroute, un flux d'habitacles gonflés par l'air conditionné, par les bulletins d'information que diffusaient les autoradios et par les corps projetés vers le destin du nouveau jour.

Dans quelques minutes, nous remonterions en voiture et nous laisserions la mégalopole derrière nous. Je n'aurais plus aucune occasion d'abandonner Danilo, de monter dans un car et de regagner Big Sur. Désormais, c'était un voyage sans retour : je ne pouvais qu'avancer droit devant moi et traverser tout ce que je rencontrerais.

J'ai songé à avaler un autre café.

Puis j'ai rappelé à Danilo que les personnes dont il parlait nous avaient témoigné de l'amitié. Et, dans tous les cas, si des moines quittaient la vie religieuse à un certain point, s'ils aimaient des femmes ou des hommes, ou encore des personnes d'une autre foi, cela ne me semblait pas être un problème si important que cela.

« Comment donc », il a rétorqué en s'agitant sur sa chaise. Son haleine avait une odeur de café. « L'Église casse les pieds à la terre entière avec ces histoires. Surtout à nous, Italiens.

— On s'en fiche, de l'Église. Rudi a choisi exprès un monastère à l'autre bout de la planète. Il y a bien des manières d'être chrétien. »

Il s'est penché vers moi. « Je ne suis pas venu en Californie pour entendre parler de chrétiens et de moines.

— Très bien. N'en parlons pas. Mais c'est toi qui as commencé.

— Je sais ce que tu penses.

— Je t'écoute.

— Tu penses que les grandes religions sont des choses sérieuses et que tout le reste non. »

J'aurais voulu poser ma tête sur la table et dormir parmi les bruits ouatés de la cafétéria. « Même si je ne me reconnais dans aucune d'elles, je pense que les grandes religions... je pense que ce sont des traditions anciennes, ai-je risqué. Qu'elles se penchent sur l'abîme du bien et du mal depuis des millénaires. Elles sont faites de clairs-obscurs, de violentes contradictions. Comme l'âme humaine, d'ailleurs. Les trucs new age qui te plaisent tant me paraissent, eux, improvisés. Ils ne s'interrogent jamais sérieusement sur la nature du mal mais se contentent de promettre une guérison superficielle.

— Les trucs new age ne me plaisent pas.

— Tu te rappelles la fois où tu as dépensé une fortune en cristallothérapie ? C'était quand, il y a quatre ans ?

— Ça n'a rien à voir. Parlons plutôt des chamans. Il s'agit de figures aussi anciennes que tes religions millénaires, il a affirmé avec résolution. Anciennes et très sérieuses.

— Les chamans, très bien. » J'ai planté mon regard dans ses iris couleur océan. « Mais les Occidentaux persuadés quel que soit leur problème de pouvoir aller dans le désert et de guérir grâce au rite d'une soirée... »

Il a détourné les yeux. Puis il a remué le café dans sa tasse, l'examinant comme s'il voulait s'y refléter, reconnaître son propre visage à la surface du liquide.

La lumière qui baignait la vitrine était de plus en plus blanche, elle éclairait la peau sous ses cheveux clairsemés.

Il s'est redressé sur sa chaise et a ricané : « Je ne gobe pas ces histoires. Pas quand elles viennent de toi.

— Très bien », j'ai commenté. Je voyais où il voulait en venir. « Il faut vraiment en parler de bon matin ?

— Je parie que tu pensais au sérieux des grandes religions et aux façons ascétiques d'être chrétien quand tu cocufiais ta copine.

— Je pense que je vais prendre un autre café.

— Quand tu te tapais cette nénette dans les chiottes d'un bar. »

Je me suis levé. Quelque chose pulsait dans ma gorge et dans mon estomac. Ç'avait le goût métallique du remords : comme si j'essayais de digérer un couteau.

Au fond, Danilo avait raison. Pourquoi parler de religion ? Les religions reposaient sur la foi, et moi j'étais le pire des infidèles. Mon infidélité, mon incapacité à me consacrer réellement à une autre personne. J'ai songé à Martin et à Paul, l'ancien moine surfeur et l'Asiatique taciturne. À cette heure-ci, ils devaient être réveillés et se demander ce qui avait bien pu nous prendre de fuir ainsi en pleine nuit. Le Bouddha qui veillait sur leur séjour. Le jardin plongé dans les bruits de l'arrosage. La pensée que quelqu'un pût encore vivre en couple, dormir à côté de quelqu'un d'autre, était à la fois réconfortante et insupportable. «Je vais chercher mon café.

— Prends-en un pour moi aussi.

— Tu en as bu deux, tu me sembles bien assez remonté.

— Eh », a soufflé Danilo alors que je me dirigeais déjà vers le comptoir.

Je me suis tourné. Derrière lui, la circulation était à présent fébrile. Ma caravane à Big Sur, les moines et leurs chants matinaux, qu'ils soient de béatitude ou de solitude sexuelle, tout était bien loin.

J'ai croisé son regard. J'ai eu l'impression qu'il m'observait avec une soudaine douceur. Comme s'il me voyait pour la dernière fois. Un coup d'œil plein d'affection, un sentiment d'infinie fraternité. Alors il est sorti de sa torpeur et il s'est mis à rire : « T'es vraiment qu'une petite salope », il a conclu.

*

Nous avons rejoint l'Interstate 10 à la hauteur de Beaumont et nous avons traversé les dernières banlieues. Déjà le jaune du désert se manifestait par endroits, des bandes de poussière séchée entre les constructions et autour des aires de repos. Des plants de yucca, les premiers buissons de créosote.

Nous avons franchi le San Gorgonio Pass. Le paysage se vidait.

Les bâtiments ont disparu le long de la route, les Holiday Inn ont disparu, les immeubles anonymes, les préfabriqués équipés de climatiseurs sur leur toit plat.

Plus loin, tout au fond, des éoliennes se dressaient sur une hauteur telles des fleurs curieuses observant la route. La circulation avait diminué, mais nous n'étions pas encore seuls. Ce n'est que plus tard, après avoir dépassé la zone de Palm Springs et la bifurcation de Desert Center, que la chaussée s'est réduite à deux voies et que le flux des voitures est devenu presque nul.

Tout signe de présence humaine semblait avoir disparu derrière nous, comme dissous par les rayons lumineux.

J'avais encore dans la bouche le goût du café avalé chez Starbucks. Et pourtant, face à l'étrange choc sensoriel de notre entrée dans le désert, que restait-il de toutes les impressions urbaines – de Los Angeles et de la Californie que nous venions de quitter, de ses palmiers et de ses falaises, des bars qui proposaient des jus de fruits pressés à la spiruline, de son syncrétisme religieux, de ce que nous avions vu et entrevu : coffee-shops, jeunes femmes siliconées, sans domicile fixe le long des routes, voitures équipées de planches de surf sur le toit ?

J'ai failli dire à Danilo que nous roulions trop vite, puis j'ai jeté un coup d'œil au compteur, constatant que nous respections la limite, soixante-dix *miles* à l'heure.

La lumière recouvrait toutes les surfaces. Pénétrante et contagieuse, elle se faufilait dans chaque pli du paysage.

La lumière était dans le ciel pur, sur la route et sur les rochers blanchis par le soleil. Elle se reflétait sur le sol sablonneux. Elle rebondissait sur les minuscules cristaux de quartz, elle se glissait dans l'habitacle et sous mes lunettes de soleil.

Nous nous sommes arrêtés dans une station-service isolée. Danilo s'est chargé de prendre de l'essence et je suis entré dans le petit magasin pour faire des provisions d'eau, de confiseries, de biscuits et de barres énergétiques. J'ai même trouvé de la crème solaire.

Quand j'en suis sorti, la lumière m'a fait mal aux yeux. Elle dévorait les couleurs, elle transformait le paysage en planète blanchâtre, grisâtre, argentée, une étendue qui avait la couleur du sel, presque celle d'un gigantesque miroir.

J'ai aperçu deux gros rapaces tout là-haut. Ils dessinaient des cercles dans le ciel immense. Je me suis figé sur place : j'ai compris que c'étaient des condors, une coïncidence remarquable, me suis-je dit, quelques jours après en avoir vu au-dessus de Big Sur. Fasciné, je les ai observés. Ils avaient la même beauté que le ciel – pure, lointaine et mystérieuse.

*

Nous roulions depuis quelques heures dans le désert de Mojave et je me sentais comme écrasé par un poids. La puissance hypnotique du vide. Je regardais à l'extérieur, j'avais besoin d'air. Mais baisser la vitre n'était pas une bonne idée, l'air bouillant du dehors aurait envahi l'habitacle, la climatisation était déjà au maximum et maintenait à grand-peine une température supportable.

L'océan devant lequel j'avais dormi pendant des mois, à Big Sur, était lui aussi immense et vide. Agrippé à mon refuge, je l'avais observé du haut de la colline.

Ici, la voiture avançait inexorablement droit devant elle. Le ruban de la route et le bruit du moteur qui nous berçait. De rares véhicules venaient vers nous sur la voie opposée, provenant d'un lieu encore inconnu.

Je frémissais, je transpirais, j'avais l'impression d'être encore là-bas, allongé sur le canapé-lit et flottant dans un demi-sommeil rempli de rêves. Je n'arrivais pas à comprendre ce que j'éprouvais : attraction ou répulsion à l'égard de l'espace qui nous entourait.

La conversation allait et venait, elle se raréfiait comme le paysage. Nous avons continué à nous disputer encore un peu à propos de new age.

Cette fois, c'est moi qui avais relancé la discussion. Danilo ne pouvait certes pas nier qu'il était un peu new age. Au fil des ans, il avait essayé quantité de thérapies alternatives, rebirthing, médecine anthroposophique, respiration holotropique, séances avec des experts en énergie orgonique. Quelles sommes avait-il gaspillées dans ces histoires? Le tout sans jamais renoncer aux tranquillisants.

Certes, il avait un début de justification : par la suite, ces expériences avaient constitué la matière première d'un sketch comique qu'il avait même eu l'occasion d'interpréter dans deux émissions de télévision.

Je ne sais pas exactement où je voulais en venir. Peut-être que, dans la polydépendance de Danilo, outre les médicaments, l'alcool, la nourriture, les drogues douces, le porno et Internet, il y avait aussi celle aux thérapies parascientifiques. Ou peut-être voulais-je suggérer qu'un jour il écrirait un sketch comique sur notre voyage dans le désert ?

« Mon cher », il a commencé. De minuscules gouttes perlaient à son front, il avait un demi-sourire collé sur le visage et conduisait avec assurance. C'était un chevalier au beau milieu de son aventure. « Je constate que le désert te rend nerveux. Pourquoi ne te détends-tu pas et ne profites-tu pas de ton voyage ?

— Je ne suis pas nerveux. » Je me suis mis à tambouriner des doigts sur le tableau de bord. « C'est un paysage intéressant. Cela dit, ai-je ajouté d'une voix moins désinvolte que je ne l'aurais voulu, ça ne doit pas être agréable de se perdre par ici.

— On ne se perdra pas, a répondu Danilo.

— On aurait dû prendre les cartes que Martin avait proposé de nous prêter. Tu te rappelles ? Il devait nous les donner ce matin.

— Pas besoin de cartes. J'ai un excellent navigateur sur mon téléphone. »

J'ai regardé fixement le singe en peluche devant moi, la mascotte du loueur de voitures, comme si j'attendais qu'elle fasse un signe pour me rassurer. « Ce chaman, j'ai dit. On est sûr de le trouver ? »

Un nouveau silence. « Détends-toi », il a répété.

Ça m'était vraiment difficile. « Comment s'appelle-t-il ?

— Qui ?

— Ton chaman.

— Anselmo.

— Anselmo ? » Les rayons du soleil pénétraient dans l'habitacle à travers les vitres. J'ai pris le flacon de crème solaire et j'ai entrepris de m'en passer sur le visage.

« Du moins c'est ainsi qu'il se fait appeler. Mi-mexicain, mi-indien d'Amérique, quelque chose comme ça. Tu veux bien me mettre un peu de ce truc sur la nuque ?

— Quelque chose comme ça, j'ai juste répété.

— Eh bien, l'histoire prétend que c'était un homme perdu. Un type déprimé, sans famille et complètement alcoolique. Il était sur le point de mourir quand il a rencontré un guérisseur traditionnel qui l'a soigné. Et qui lui a appris à devenir un guérisseur lui aussi.

— Où as-tu trouvé ces informations ?

— Sur Internet. Dans les récits d'autres voyageurs. » Il a pris le flacon de crème et, d'une main, il s'est débrouillé pour s'en mettre sur le cou, tout en tenant le volant de l'autre. « Les nouvelles sont fragmentaires. Tu sais bien comment sont les gens, quand ils font ce genre d'expérience : il y a toujours un ton de mystère, de secret.

— Et dis-moi un peu, j'ai insisté. Quelle serait sa technique de guérison ? » Je n'ai pas attendu la réponse. « Que ce soit clair : je ne participerai à aucun rituel, je ne boirai aucune étrange mixture et je ne mangerai pas de cookies au peyotl. Je ne vais pas faire un trip avec un gars qui s'appelle Anselmo.

— Personne ne t'a rien demandé de tel. C'est *mon* voyage de guérison, non ? » a-t-il souligné. Puis il m'a rendu le flacon de crème en le lançant dans mon giron. « Il n'y a pas si longtemps, ce n'est pas une petite touche de psychédélisme qui t'aurait fait fuir.

— À vingt ans, on est prêt à faire certaines expériences. Maintenant, je n'en ai plus besoin.

— On est en train de parler de pratiques curatives. De plantes employées depuis des millénaires.

— Tu t'es persuadé que le cactus du désert était une sorte de super-antidépresseur, j'ai rétorqué. La thérapie alternative enfin efficace. Eh bien, bonne chance.

— Je ne me suis persuadé de rien. Je veux juste trouver ce type », m'a-t-il répondu.

Puis nous sommes restés silencieux, écoutant le sifflement des pneus sur l'asphalte brûlant et le souffle de l'air conditionné.

Nous avons traversé un minuscule hameau dans lequel une sculpture verte de dinosaure veillait sur la route. On apercevait, à la lisière de l'horizon, un groupe de Joshua trees, ces arbustes tordus dont les branches étaient comme des bras implorant le ciel et qui avaient fasciné les explorateurs mormons au dix-neuvième siècle.

Au bout d'une demi-heure, nous avons décidé de nous ranger sur le bas-côté. J'ai ouvert la portière.

Tout autour, un vide monotone, magnifique. Nous sommes descendus de voiture et nous nous sommes dégourdi les jambes. Une fois le moteur coupé, le silence s'est brutalement abattu sur nous.

Je portais une chemise en lin qui protégeait mes bras du soleil. Kareen me l'avait offerte deux ans plus tôt, qui sait si elle avait imaginé que je la mettrais dans un endroit pareil, quelque part entre la Californie et l'Arizona. Des buissons bas envahissaient le paysage, des buissons dans toutes les directions, une étendue infinie de touffes épineuses régulièrement espacées les unes des autres. Je pouvais deviner leur vie cachée. Leurs longues racines qui s'enfonçaient dans le sol, des mètres et des mètres de filaments à la recherche d'humidité. J'ai déboutonné ma braguette, exposant mon pénis au soleil, et je me suis demandé si mon urine désaltérerait ces racines.

Nous avons fait une pause de quelques minutes. Ç'a été à Danilo d'arroser les plantes. Puis il a fait demi-tour et m'a invité à sortir de la voiture. « Viens voir. J'ai trouvé quelqu'un là-dessous. »

Il m'a fait signe de m'accroupir et de regarder sous le véhicule. « Incroyable », j'ai commenté.

C'était une tortue, une grosse tortue du désert. Elle goûtait l'ombre de la voiture et nous a regardés d'un air contrarié. Nous troublions ce moment de détente.

« Il faudra faire attention en repartant, j'ai murmuré.

— On fera attention », a approuvé Danilo.

J'ai aspiré à fond l'odeur de la carrosserie brûlée par le soleil, de l'air sec et de l'oxygène omniprésent. Une stupeur chaude se dégageait du sable, des rochers et des traces de lézard dans la poussière tout autour. Quelque chose s'est dénoué dans ma poitrine. J'ai émis un petit rot libérateur. Attraction, répulsion, la voie libre devant nous. « Dis, j'ai fait. J'aimerais bien conduire un peu. »

*

Cette sensation de plus en plus forte, concrète et presque solide, ne s'épuisait pas : nous roulions, nous étions en train de rouler. Nous avions franchi le fleuve Colorado et un autre hameau d'habitations. Parmi elles, il y avait une pyramide surmontée d'une silhouette de chameau. Le désert était rempli d'animaux, en chair et en os ou en image.

Danilo se chargeait de la musique, il dénichait d'obscures stations de radio qui passaient des classiques du rock, des ballades country et des sermons religieux en espagnol.

Quand nous perdions le signal ou que la programmation ne le satisfaisait pas, il connectait son téléphone et piochait dans sa collection de morceaux. Nick Drake, Tim Buckley, Jackson C. Frank, une musique qui, dans cette lumière, prenait des nuances inattendues, de nouvelles formes de transparence. Et puis d'autres genres musicaux, plus énergiques et pulsants. C'était difficile de ne pas appuyer sur l'accélérateur.

Naturellement, le téléphone lui permettait de vérifier si on captait le réseau. Même dans le désert, il y avait le courrier électronique, les réseaux sociaux, Twitter et le reste. Mais il s'est contenté de contrôler une demi-douzaine de fois. « Ce serait l'heure de l'apéro », il a noté.

Nous avions roulé toute la journée et nous étions en plein cœur de l'Arizona.

Le Mojave laissait peu à peu place au désert de Sonora et le soleil doré, désormais bas, réchauffait les couleurs des sommets en forme de cône, peut-être d'anciens volcans à présent éteints.

Nous devions être à une centaine de kilomètres de Phoenix quand nous avons aperçu à un croisement le panneau d'un motel. THE BLUE LEISURE - DINER AND RESORT. Une flèche invitait à tourner à gauche et à continuer pendant cinq *miles.* On aurait dit le scénario d'un de ces films d'horreur où d'imprudents voyageurs se laissent attirer dans un piège au milieu de nulle part.

Mais rien de tel en définitive, car nous avons débouché sur une oasis. Une poignée de constructions entourées de saguaros.

Le soleil se couchait entre les bras des cactus, derrière les bungalows protégés par des palmiers et par les stores, rassemblés autour d'un petit bassin chauffé.

Le propriétaire était un vieillard dégingandé aux pattes et aux cheveux gris, vêtu d'un bermuda et chaussé de bottes : « Vous avez de la chance qu'on soit ouverts », il a observé. Il nous a expliqué que dans quelques jours il fermerait pour le reste de l'été et qu'il rouvrirait pour la saison des *snowbirds* – les retraités du Nord qui fuient l'hiver.

Il nous a servi un dîner à base de salade de poulet, arrosé de bière Sierra Nevada.

Danilo a porté un toast. « Au voyage », il a proposé d'un ton triomphal, plein d'une frénésie lasse. Il avait le visage marqué par la journée et des yeux presque fiévreux. Nos bouteilles se sont entrechoquées.

« Écoute, je regrette de t'avoir cassé les pieds à propos de tes, disons, frasques sexuelles, il s'est excusé. Ce qui s'est passé pendant les derniers mois avec Kareen ne me regarde pas. Ce n'était pas correct de juger. » Il m'a fixé durant quelques secondes.

« Et moi je regrette de ne pas avoir été là quand Cinzia est partie. » J'ai avalé une gorgée de bière. « Mais ne m'appelle plus jamais comme ça, d'accord ? »

Nous étions les seuls clients, en plus d'un petit groupe assis dans le coin opposé du restaurant.

Ils faisaient du bruit et semblaient s'être offert quelques verres de plus que nous. Nous n'y avons pas prêté attention. Le manque de sommeil se faisait sentir et le repas, nourriture et bière, nous a fait l'effet d'un somnifère.

Nous nous sommes glissés dans notre bungalow. Danilo a extrait quelques pilules de sa trousse à pharmacie, il les a avalées et s'est aussitôt mis à ronfler.

J'ai retiré ma chemise en lin et je l'ai gardée dans mes mains. Peu auparavant, à table, le regard de Danilo m'avait confirmé qu'il se rappelait quel jour nous étions. La veille du mariage. Demain, Kareen se marierait.

Et alors, qu'est-ce que ça pouvait faire ? Ce serait aussi le jour où Danilo trouverait son chaman, et où moi, eh bien, je me contenterais d'observer mon ami réalisant son rêve. Et d'imaginer, à distance, le mariage de mon ancien amour.

Je me sentais aussi asséché que la poussière du dehors. Toute ma vie, j'avais désiré une seule et unique chose : ne pas rester seul. Et maintenant... N'y pense pas, me suis-je dit. Je devais réussir à trouver le sommeil. Danilo continuait à ronfler, c'était presque une chance, dans le silence déchirant du désert. J'ai tiré le drap jusque par-dessus ma tête. Pourquoi était-ce si difficile de se laisser aller, d'éteindre la veilleuse de la conscience ? Laisse-toi aller, me suis-je murmuré à moi-même. Laisse-toi aller.

*

J'ai rouvert les yeux dans l'obscurité et, sur le moment, je n'ai pas compris ce qui m'avait réveillé. Troublé, j'ai battu des paupières, j'avais encore faim de sommeil, puis j'ai reconnu des rires de filles et la voix d'un homme qui chantait faux. C'était *With or Without You.* Des gens qui s'aspergeaient d'eau, des éclats de rire. Des gens qui faisaient la fête juste devant notre bungalow.

Danilo aussi était réveillé. « Qu'est-ce que c'est que ce cirque ? » je l'ai entendu protester dans son lit. Il a saisi son téléphone sur la table de nuit et lu sur l'écran : « Une heure et demie. »

Le vacarme ne cessait pas. Irrités et titubants, nous nous sommes levés, tous les deux en slip. Dès que j'ai ouvert grand la porte du bungalow, le froid nous a saisis.

Dans la lumière basse, couleur chair, du spot extérieur, la scène que nous avons vue semblait tirée d'un film porno soft.

Un homme et trois filles étaient dans le bassin chauffé, enveloppés par le nuage de vapeur qui montait de l'eau, à cette heure, au contact de la nuit froide du désert. Ils riaient avec insouciance, manifestement ivres. C'était le même petit groupe que nous avions vu quelques heures plus tôt au restaurant.

« Excusez-nous... », j'ai fait en me dirigeant vers le bassin, décidé à me plaindre.

Danilo m'a suivi. « Regarde-moi ça », il a commenté, soudain parfaitement réveillé malgré le sommeil interrompu, la bière du dîner et les pilules. Je pensais qu'il allait lui aussi protester contre le vacarme, mais il a juste remarqué : « Super-fête. »

Une des filles, une blondinette aux cheveux courts, nous a remarqués. « Qu'est-ce que vous faites là ? » elle a demandé en nous voyant debout, en slip et les bras croisés pour nous protéger du froid. Elle a éclaté de rire et nous a invités à les rejoindre dans l'eau.

J'ai pensé que l'invitation avait pour but de nous amadouer et de désamorcer tout désir de protestation. Puis, à leur tour, les autres nous ont également invités à grands cris, y compris l'homme.

Le froid piquait la peau, et le ciel pur, rempli d'étoiles, nous observait à travers ce nuage de vapeur.

C'était un bassin rond, à mi-chemin entre une petite piscine et un Jacuzzi, et bien qu'ils fussent déjà quatre, il y avait assez de place pour deux personnes supplémentaires.

Nus, conformément au style du groupe, nous nous sommes glissés dans l'eau. Non, ce n'était pas une scène de film porno soft, mais la caresse de l'eau chaude était très agréable, tout comme la bière glacée dans les bouteilles couvertes de condensation, que l'homme nous a tendues après les avoir attrapées dans une petite cuvette au bord du bassin.

Nous avons compris qu'en réalité ils ne formaient pas un unique groupe. Ils s'étaient rencontrés ce soir-là au restaurant.

Harry avait la trentaine et arborait une moustache rousse en guidon de vélo. Il voyageait avec Vanda, une des filles, minuscule, toujours souriante et les cheveux noirs. La blondinette qui nous avait invités s'appelait Greta, elle avait un délicieux piercing brillant sous la lèvre et voyageait avec l'autre fille, Hennie, tout aussi blonde et la peau laiteuse. C'étaient des touristes hollandaises, elles allaient dans le sens opposé au nôtre, à la découverte des Blythe Intaglios, les figures gigantesques et mystérieuses qu'une lointaine tribu indienne avait tracées au sol.

Nous avons parlé de leur destination, des villes fantômes et des légendes du désert, tandis que l'alcool se remettait à circuler et que de douces vagues de lumière reflétées par l'eau tremblaient sur nos visages. Le petit piercing sous la lèvre de Greta brillait par moments. Elle m'a demandé si nous avions croisé beaucoup de Joshua trees jusqu'à présent.

« Des tas, oui, j'ai répondu. Plus vous irez vers le Mojave et plus vous en verrez. »

Nous avons parlé des photos sur la pochette d'un vieil album de U2, qui avaient été prises dans le coin, et des fans qui s'aventuraient jusqu'ici pour trouver le lieu exact. J'ai compris pourquoi un peu plus tôt Harry avait chanté *With or Without You*. Alors nous l'avons chantée tous ensemble, plus faux que jamais… J'ai eu le frisson. J'ai penché la tête en arrière et, là-haut, les constellations pulsaient en rythme, diffusant un lointain message en morse.

Ils se sont remis à rire. « Donc vous êtes italiens… », a remarqué Harry en nous observant d'un air moqueur.

Nous avons senti venir une de ces blagues typiques sur la politique italienne ou quelque autre sujet du même genre, et Danilo a alors lancé une attaque préventive : « Eh, ce n'étaient pas vous, les Californiens, qui aviez Terminator comme gouverneur ? »

Harry a éclaté de rire tout en prenant deux bières qu'il nous a tendues.

La température de l'eau était idéale et la proximité du corps de Greta, à quelques centimètres du mien, fort agréable. Pourtant, j'ai décidé qu'il ne pouvait rien se passer. Pas cette nuit. Pas à quelques heures du mariage de Kareen.

Cette nuit avait quelque chose de comique et de sacré à la fois, le silence solennel du désert, la vapeur qui montait, les nombreuses bouteilles de bière à disposition, juste à côté, dans une cuvette remplie de glace à moitié fondue.

Par instants, je sentais comme une crampe en songeant à ma solitude, à ma misère existentielle, et je lisais sur son visage la même pensée en observant Danilo. Quelque chose passait alors de son regard au mien, continuant à rebondir jusqu'à se perdre dans la vapeur. Nous avons encore ri. L'heure de mon ami était venue.

Il s'est mis à interpréter des extraits d'un vieux sketch qui parlait de thérapies new age. Il s'est moqué de lui-même et nous a fait rire comme ça, en anglais, un comique nu dans un bassin d'eau chaude. Puis il a raconté la blague sur Monica Lewinsky, une histoire stupide dans laquelle il jouait le génie de la lampe. Celui-ci dit à Monica : exprime un désir. Elle réfléchit et répond : ma foi, je me trouve un peu ronde, j'aimerais bien que mes poignées d'amour disparaissent. Hop ! fait le génie. Et les oreilles de Monica disparaissent.

Une phalène du désert voletait autour du bassin. J'ignore combien de temps nous sommes restés dans l'eau et combien de bières nous avons descendues.

À la fin, nous avions la peau toute plissée au bout des doigts et la lumière du spot se noyait dans celle du jour.

Je me suis vaguement aperçu que Danilo s'éloignait, son téléphone à la main. Je n'y ai pas prêté attention et je suis retourné à notre bungalow. Où était mon slip ?

C'est seulement alors, juste avant de m'effondrer sur le lit, encore mouillé et ivre, que j'ai constaté que mon pénis était rouge. Il avait suffi d'une minute, en pissant au bord de la route sous le soleil du Mojave, pour que je prenne un coup de soleil. Le lendemain, crème solaire sur tout le corps.

*

C'est l'éclat de la fin de matinée qui m'a réveillé. Je me suis frotté les yeux et je me suis levé, j'avais la gueule de bois, la tête qui tournait, et j'ai examiné le visage de mon ami pendant quelques instants.

Il dormait. Le sommeil détendait ses traits au point de leur donner un air enfantin, désarmé, dans la lumière qui glissait sur sa peau, indiscrète et presque coupante.

Son visage était figé, un instantané qui pouvait en contenir mille autres. Le Danilo qui s'était battu pour me défendre à la sortie d'un bar quand nous avions dix-sept ans. Le Danilo des premiers spectacles et du sketch dans lequel il interprétait l'urologue d'un acteur porno. Celui d'un autre sketch, où son personnage était tellement gavé de médicaments qu'il s'écroulait sur le maire le jour de son mariage.

Le Danilo qui m'avait appris à faire du patin à glace, un soir où j'étais tombé plusieurs fois sur le cul, et qui m'avait dit : tu dois glisser, vieux, tu dois presque voler.

J'ai enfilé un pantalon et je me suis aventuré hors du bungalow. J'avais la bouche sèche et la langue pâteuse.

Le bassin était là, sous le soleil. Aucune trace de la fête nocturne.

Abandonnant l'hôtel à une paix quasi surnaturelle, les Californiens et les deux Hollandaises avaient dû partir, filant vers leurs destinations respectives. L'haleine chaude du désert me léchait les tempes.

Abrité par un des stores, j'ai examiné le bassin. Oui, c'était bien le soleil de midi qui se reflétait sur la surface de l'eau. En Italie, c'était presque le soir et je savais que le mariage avait eu lieu en fin d'après-midi. C'était fait : elle avait épousé quelqu'un d'autre.

Je ne pouvais y croire. Ma gorge était si sèche, il fallait que je trouve de l'eau.

Je devais avaler quelque chose. Nous devions commencer à nous préparer puis reprendre la route d'ici deux heures, quand le soleil serait devenu un peu moins virulent. Il n'y avait que cela à faire.

Je suis rentré dans le bungalow. « Danilo », j'ai murmuré. Pas de réponse. « Danilo.

— Qu'y a-t-il ? » il a grommelé, les yeux fermés. Le ton de sa voix m'a révélé deux choses. Tout d'abord, celle-ci n'avait rien d'endormi. J'ai compris qu'il était réveillé depuis un moment et je me suis demandé s'il l'était déjà auparavant, lorsque j'avais passé plusieurs minutes à scruter les traits de son visage.

« Je vais voir si le patron peut nous préparer le petit déjeuner, ça t'intéresse ?

— Non », il a répondu.

Par ailleurs, il s'était produit quelque chose en lui. Ç'avait dû arriver durant son sommeil, une toxine qui s'était répandue à un certain moment, une réaction chimique qui n'avait pas marché. La chimie de son humeur. Je connaissais ce ton rauque et plat.

« Je crois qu'on a intérêt à se remettre en route sans traîner.

— Non. » Il s'est tourné sur le côté avec une extrême lenteur, prudemment, comme si son corps était de verre. À présent son visage regardait le mur, je ne le voyais plus. J'aurais dû m'y attendre. Il avait sombré dans un de ses puits d'humeur noire. « On ne se remet pas en route, il a affirmé. Il n'y a plus de route. C'est ici que le voyage se termine. »

*

Plus tard, j'ai découvert qu'à l'aube, tandis que je m'effondrais sur mon lit, il s'était éloigné avec son téléphone et qu'il avait appelé l'Italie. Il était galvanisé par le long bain et par la magie de cette nuit, il se sentait optimiste au point de vouloir parler à sa femme et lui dire que tout irait bien.

Il allait guérir, il lui avait dit. Il n'y aurait plus de crises, plus d'épisodes maniaco-dépressifs, plus de médicaments semés dans la salle de bains et sur les étagères de la cuisine. Bientôt, ils pourraient se remettre à vivre ensemble.

Cinzia lui avait demandé s'il était ivre.

Oui, il avait admis. Je suis dans le désert, une magnifique aube se lève et, malgré tout, le monde pourrait redevenir un lieu habitable.

« Tu as appelé Cinzia ?! j'ai demandé en m'asseyant sur le lit. Et qu'est-ce qu'elle t'a dit ? »

Long silence. Son corps n'a pas bougé sous le drap, même quand le ventilateur s'est mis à tourner seul au plafond, déclenché par un minuteur. Un courant d'air a envahi la pièce.

« Danilo ?

— Elle a dit qu'on ne se remettrait jamais ensemble.

— Comment as-tu pu appeler ta femme alors que tu étais bourré ? »

Son corps était une momie d'indifférence. Non, le monde ne redevenait pas du tout habitable, c'était même un lieu plus difficile à atteindre que jamais.

« Je sais, il a répondu. Je suis un crétin. Un comique débile, un type qui amuse juste parce qu'il fait peine, qui a perdu son public et s'est fait virer. Je n'ai pas besoin que tu me le dises. Je sais, je suis un type dont une femme est tombée amoureuse par erreur, et il fallait bien qu'elle comprenne tôt ou tard à quel point je suis stupide. Un type inepte, depuis toujours et pour toujours. Qui sait ce que j'imaginais en lui téléphonant, à quoi pouvaient servir dans mon esprit cet appel et ce voyage. Tu peux aller prendre ton petit déjeuner, si tu veux.

— Allez, arrête ton numéro. Je n'arrive pas à croire que tu n'aies pas faim. » Je ne savais pas où regarder, face à lui qui était tourné vers le mur. « Pancake ? Bacon ? Je me demande ce que nous prépare le vieux type aux bottes. »

Immobile. « Je sais que d'après toi je ne suis pas vraiment malade. Pas comme ton ex, hein ?

— Tourne-toi, vieux. » Je ne supportais plus de parler à un drap. « Cette nuit, tu faisais trempette dans un Jacuzzi, tu étais complètement bourré et tu faisais ton show devant des filles nues. Ce n'est pas ce que j'appelle être dépressif.

— Et après ? Je suis un dépressif hédoniste. »

J'ai ébauché un rire, qui s'est éteint dans ma gorge telle une bougie soufflée par le ventilateur. J'avais la nuque glacée.

Il s'est tourné. À en juger par la lenteur de ses mouvements, on aurait vraiment dit que tout son corps lui faisait mal.

Son visage était le même, mais à présent il n'avait plus rien d'enfantin. Les rides précoces semblaient être là depuis toujours, gravées par une main cruelle, aussi ancienne que celles des Indiens qui avaient tracé de gigantesques géoglyphes dans le désert. « Ce voyage est inutile. Faisons demi-tour. Tu peux retourner dans ton monastère. C'est ce que tu voulais, non ? »

*

J'avais la tête qui tournait. Ce n'était plus la gueule de bois, peut-être la faim.

Je suis parti à la recherche du propriétaire. Le vieillard était dans la salle du restaurant, les yeux rivés sur l'écran d'un téléviseur qui devait être plus vieux que lui. « Et ton ami ? » il a demandé.

CNN montrait les images d'une révolte urbaine qui se déroulait quelque part en Europe. Des jeunes gens qui brandissaient des pancartes, qui résistaient aux charges et aux gaz lacrymogènes de la police antiémeutes.

Qui étaient-ils ? Des chômeurs grecs ? De jeunes Espagnols ou Italiens ? J'ai continué à regarder le reportage. Nous n'avions guère d'excuse pour ne pas être nous aussi dans la rue avec ces jeunes gens.

J'étais là, attablé devant une nappe blanche tachée de bière, une assiette d'œufs ranchero et le verre de jus d'orange que le vieux m'avait servis. J'ai goûté, tout était fade. J'ai ajouté du poivre, qui m'a un peu plus irrité la gorge. C'était fini, nous allions faire demi-tour : du reste, n'était-ce pas ce que j'avais désiré, comme l'avait souligné Danilo ?

Je me suis traîné dehors, sous le soleil torride. Je n'avais plus la tête qui tournait mais je ne me sentais pas moins confus pour autant.

J'ai erré du côté du bassin. Le type que Kareen venait d'épouser était un activiste écologiste.

Je l'avais vaguement croisé. Je me suis demandé si, à cet instant précis, il était en train de la porter dans ses bras à l'intérieur de la maison. Si elle riait, si ses mains tièdes étaient posées sur la nuque de son mari. Je me suis demandé comment elle était habillée. Si elle avait bu une coupe de champagne, si elle prenait des médicaments, si elle était maigre, si elle faisait du yoga. De quoi vivaient-ils ? Étaient-ils propriétaires ou locataires de leur logement ? Avaient-ils meublé leur appartement chez Ikea ou aux puces ?

Pendant des semaines, des mois, j'avais caressé le fantasme d'un coup de théâtre. Du genre prendre un avion pour l'Italie et arriver en courant à la cérémonie de mariage, juste à temps pour hurler : *Non !* avant la promesse nuptiale.

Il ne s'était rien passé de tel. J'avais échoué en plein désert américain et à présent j'allais regagner la côte. J'ai songé que dans la vie, le coup de théâtre est permanent, diffus, c'est la vie même, sa façon de nous désarçonner sans cesse.

Le tremblement de l'air au-dessus du bassin. Le silence du désert, de plus en plus profond. J'ai aperçu deux ombres à la surface de l'eau. Alors j'ai levé les yeux et je les ai vus.

Il y avait trop de lumière dans ce ciel, mes yeux y voyaient à peine. Possible que ?... Je les ai vus se lancer vers le haut, rester en suspens puis planer en cercle. Deux grands condors noirs dans le ciel de l'Arizona.

Une vague de frissons est remontée le long de mes bras. Le soleil m'éblouissait et j'ai fermé les yeux. Quand je les ai rouverts, les rapaces avaient disparu.

Je les avais vus, j'en étais certain. C'étaient des condors ! Étaient-ce ces condors-*là* ? Je me suis demandé s'ils me suivaient depuis Big Sur, mais j'ai rejeté cette idée. C'était franchement invraisemblable.

J'avais les yeux qui brûlaient. Je sentais dans ma gorge toutes les saveurs mélangées, la bière de la nuit, le poivre ajouté aux œufs ranchero, même les gaz lacrymogènes des émeutes urbaines et le gâteau du mariage de Kareen. Tout était dans ma gorge. J'avais encore la chair de poule en rentrant dans le bungalow et en soulevant le drap du corps de Danilo.

« Qu'est-ce que tu fais ? il s'est écrié en sursautant.

— Maintenant lève-toi, je lui ai ordonné, avec une fermeté qui m'a étonné. Prends une douche. Et avale ta ration de pilules, si tu en as besoin. » Je lui ai lancé sa trousse à pharmacie qui regorgeait de trésors chimiques – paroxétine, fluoxétine, benzodiazépine et une large gamme de neuroleptiques, tout ça pour la plus grande joie de ses neurotransmetteurs.

Danilo a de nouveau sursauté. Puis il m'a regardé, les yeux écarquillés.

« Après, tu monteras avec moi dans cette bagnole, que *tu* as choisie, on roulera vers l'est, faire ce voyage que *tu* as voulu faire et dans lequel tu m'as entraîné. Je ne suis pas venu jusqu'ici pour rebrousser chemin. C'est compris ? Ai-je été assez clair, très cher ami ? Tu ne m'as pas traîné jusqu'ici pour qu'on fasse demi-tour. »

Il n'a pas répondu. Il semblait trop assommé. « Va te doucher », j'ai conclu avec un peu plus de douceur.

*

Plus tard, quand nous sommes enfin partis, Danilo a paru tétanisé. D'un geste de la main, j'ai salué à travers la vitre le vieux aux bottes qui nous regardait. Nous étions les derniers clients de la saison.

J'avais reconstitué nos provisions d'eau. Nous avons pris la route et, au début, je roulais lentement, j'avais peur que mon ami, qui gisait, pâle et inerte, sur le siège du passager, ne soit trop secoué. Puis j'ai accéléré. J'ai allumé la radio et j'ai accéléré. Je voulais arriver le plus vite possible chez le guérisseur. Je ne supportais pas de voir Danilo dans cet état.

III

La fille du désert

Dans mon esprit, le souvenir a des contours parfaits, nos patins qui griffent la surface blanche. La patinoire de l'Idroscalo n'avait rien de particulier, c'était une grande larme de glace à la périphérie de Milan, mais l'avoir rien qu'à nous, un soir, tous les quatre seuls sous les spots argentés, était inoubliable.

Ça s'était passé dix ans plus tôt, un soir d'hiver italien et d'euphorie post-estudiantine, quelques semaines après l'obtention de mon diplôme.

L'un des propriétaires était un patient du père de Kareen : c'est grâce à cela que nous avions pu entrer après la fermeture. Elle l'avait fait pour moi. C'était son cadeau de fin d'études.

À l'époque, Cinzia et elle devaient encore finir les leurs. Danilo, lui, avait abandonné depuis un an et faisait ses premiers pas dans le milieu du stand-up italien. Nous étions tous les quatre. Un soir de février, la piste tout à nous, notre souffle qui se changeait en condensation. En équilibre sur les patins, sur la glace presque transparente.

J'étais tombé deux ou trois fois et, après s'être un peu

moqué de moi, Danilo m'avait donné quelques conseils. « Détends-toi. Tu dois être plus fluide. Tu dois glisser, vieux. Tu dois presque voler. »

Ses conseils m'avaient bien aidé, je n'avais pas fait d'autres chutes. Cependant, ce qui comptait, ce n'était pas mon style sur la glace. Le vrai cadeau, ç'avait été d'observer Kareen patiner : adolescente, ç'avait été une jeune championne. Je voulais la voir patiner.

Hypnotisé, je la regardais évoluer sur la glace, les cheveux dépassant de son bonnet, le souffle que laissaient filtrer ses lèvres. Son sourire révélait la blancheur de ses dents. Le corps qui se cambrait dans un virage, fendant l'air avec une légèreté de rêve. Des étincelles de glace jaillissaient sous les lames de ses patins. Le balancement de ses hanches et tout son corps en équilibre, ses jambes moulées dans un jean.

Nous avions accéléré ensemble, en nous tenant par la main, dans la musique qui nous parvenait de loin.

Ce n'était qu'une soirée du côté de l'Idroscalo, quelques semaines après la fin de mes études. Pourtant, c'est un des souvenirs les plus merveilleux que je conserve – aussi net que les lames des patins que nous chaussions.

Je crois que Kareen n'a plus jamais fait de patin à glace. Aussi longtemps que nous avons été ensemble, du moins.

*

Quatre mois après la soirée sur glace à l'Idroscalo, alors que je travaillais pour une boîte qui développait des contenus pour un portail Internet, le premier d'une série erratique d'emplois, Kareen a fait une crise d'une intensité inédite.

Elle s'est mise à perdre du poids et à passer ses journées au lit. Je me rappelle l'air vicié de la chambre, les génériques des séries télévisées qu'elle regardait sans interruption.

Son père m'a téléphoné pour me dire qu'il fallait faire quelque chose, puis il a fini par obtenir une chambre dans une clinique spécialisée.

Notre vie est devenue un dégradé de clairs-obscurs. Hospitalisations cycliques, périodes de quasi-normalité. Son sourire déchirant. Pendant deux ans, elle a été bénévole au sein de la ligue antivivisection et elle a travaillé pour une chaîne de télévision régionale. Elle est apparue plusieurs fois à l'écran, elle interviewait de ventripotents hommes politiques locaux qui paraissaient stupéfaits, presque embarrassés par sa beauté fragile.

Puis son émission a été supprimée. Le monde est devenu une chose si lointaine, me disait-elle. Impossible à saisir. Impossible à affronter.

Je pouvais me résoudre à ses séjours en clinique, l'important était qu'elle me revienne chaque fois. Pouvoir la serrer contre moi et respirer le parfum de ses cheveux.

Le dimanche, nous restions au lit, à regarder des épisodes des *Soprano* et de *Six Feet Under*.

C'est seulement bien plus tard, des années après, qu'une nouvelle phase de sa dépression a été marquée par la disparition de sa libido.

J'ai cru pouvoir me passer de ça aussi. N'étais-je pas assez fort ?

C'est incroyable comme il est facile et même banal

pour une relation amoureuse d'entamer son déclin. J'étais avec la même femme depuis treize ans quand j'ai commencé à me retrouver devant l'ordinateur, presque somnambule, et à passer en revue des profils féminins sur des sites de rencontre.

Sur ces derniers, on avait accès à un éventail à la fois menaçant et merveilleux : visages, prénoms, hobbies, aspirations, courtes présentations dans lesquelles chacune de ces femmes faisait de son mieux pour sembler être de multiples choses à la fois : rassurante, sexy, indépendante, cultivée, spirituelle, provocante, désinvolte. Mais pas dépressive. Aucune de ces femmes ne s'affichait dépressive. Celles qui l'étaient ne le révéleraient pas au cours des premiers rendez-vous et, comme je ne cherchais pas une relation sérieuse mais un rapide exutoire, je n'aurais laissé personne me montrer ses démons intérieurs.

Outre les sites de rencontre, il y avait les bars. Il y avait les fêtes, les occasions mondaines liées au travail. Les toilettes des bars où, une poignée de fois, j'ai consommé un rapport sexuel instantané, vorace, mes fesses battant contre la porte froide.

Comment peux-tu faire ça ? me grondait Danilo en fronçant le nez, quand je lui racontais ce qui m'arrivait. *Pendant que ta copine est malade, à la maison.*

À cette période, mon ami commençait à pressentir que Cinzia en avait assez de lui et je crois qu'il s'identifiait à Kareen, il était lui aussi l'élément dépressif du couple.

Bien que le disque dur de son ordinateur fût rempli à ras bord de vidéos porno, l'idée de tromper pour de bon sa femme ne l'avait jamais effleuré. Qui sait, peut-être pensait-il que le poids de mes fautes pouvait retomber sur l'ensemble de la gent masculine. *Tu es devenu une petite salope. Tu baises des femmes dans les chiottes des bars.*

*

Les filles n'étaient jamais belles. Tous ces corps contre le mien, ces étreintes humides.

L'odeur huileuse des préservatifs, ma sueur, le goût salé sous la courbe de leurs seins. La vibration furtive d'un message sur mon téléphone.

Quand je rentrais chez nous, Kareen était immobile sur le lit ou sur le divan, étendue ou recroquevillée sur elle-même, devant une chaîne de prévisions météo ou celle d'informations locales où elle avait travaillé. Son visage livide. La plupart du temps, elle ne me saluait pas, elle était trop occupée à saigner de sa blessure invisible, sa plaie originelle – celle qui l'empêchait de conserver en elle la joie, la confiance qu'elle aurait dû éprouver de se savoir aimée. Peut-être avait-elle raison, elle n'était pas aimée. Elle ne l'était plus.

Elle était la reine triste de toutes les femmes, celle qui, autrefois, avait su danser sur la glace.

De mon côté, je laissais trop de traces, et elle était déprimée, pas aveugle.

Un soir, j'ai trouvé l'appartement vide. Son père m'a téléphoné pour me dire que Kareen était hospitalisée à la clinique et que ma visite n'était pas souhaitée.

Il m'a invité à m'en aller dans les deux ou trois jours et à déposer les clés dans la boîte aux lettres. Il pouvait le faire, car l'appartement était à lui. Jamais je n'aurais imaginé une fin aussi glacée et brutale, mais je me sentais trop coupable pour m'y opposer.

J'ai échoué dans un studio à moitié vide. Il n'y avait qu'un frigo pourri, des plaques électriques et un lavabo.

Au début, tout avait l'air d'une erreur, d'une bulle irréelle : les choses redeviendraient comme avant – ça ne pouvait être qu'un malentendu. Je me réveillais en pleine nuit et j'avais du mal à croire que c'était moi, ça. J'avais du mal à dormir seul dans un sac de couchage, sur un matelas jeté par terre.

Plus tard, c'est Danilo qui m'a dit que Kareen allait mieux et qu'elle voyait même quelqu'un. Au début, ça aussi sonnait de façon irréelle. Possible que se séparer de moi eût pu lui faire autant de bien ?

Paradoxalement, maintenant que j'étais seul, j'ai peu à peu mis fin à mes aventures féminines. Avec la crise économique, les fêtes des services de presse étaient de moins en moins nombreuses et je ne fréquentais plus celles qui subsistaient. J'ai aussi arrêté de fréquenter les bars remplis de gens cocaïnés et j'ai installé sur mon ordinateur un programme qui m'empêchait d'accéder aux sites de rencontre. J'avais cru que les amours d'un soir me permettraient de me soustraire aux démons intérieurs des autres, mais désormais je savais que c'était précisément ces aventures qui me plaçaient nez à nez avec le plus terrible des démons. Ç'avait été un flash aveuglant. Personne n'aimait personne. Personne n'était fidèle à personne. Nous étions tous des figurants dans la solitude d'autrui.

J'ai passé les derniers mois à Milan dans des limbes.

Je me rappelle être allé patiner un soir à l'Idroscalo,

seul au milieu d'une foule d'adolescents et d'inconnus. Les patins me faisaient mal aux pieds, je dérapais sur la glace. Était-ce ça, tout l'équilibre d'un homme ? Être capable de rester debout seul ?

J'avais perdu mon dernier job d'attaché de presse, j'allais dépenser mes dernières économies et les offres d'emploi que je recevais étaient vagues, les rémunérations tout aussi vagues. On aurait dit que tout le monde avait un « projet », une idée nouvelle, une entreprise à créer, une start-up à lancer. Tous attendaient un financement, l'accord d'un conseil d'administration ou qui sait quoi d'autre. Presque rien de réel ne bougeait. Il y avait dans l'air de Milan une odeur de pollution et un sentiment croissant de claustrophobie.

Kareen avait raison. Le monde était devenu une chose opaque, impossible à affronter.

Je n'ai même pas été étonné d'apprendre qu'elle se marierait dans quelques mois, à peine plus d'un an après notre rupture. Toute stupeur était abolie. J'avais téléphoné à mon frère. J'avais fourré mes affaires dans une valise, survolé la moitié de l'Europe et l'océan, puis les États-Unis d'est en ouest, assommé par le décalage horaire, et je m'étais réfugié dans le glorieux silence des collines de Big Sur.

*

En longeant Phoenix, la métropole nichée dans le cœur sec de l'Arizona, la ville nous a fait l'effet d'un mirage dans le désert.

Nous pouvions distinguer au loin les faubourgs et les

grues des chantiers en cours, et, au-delà, sous le bleu compact, enveloppées dans un nuage de chaleur qui brouillait leurs contours, les silhouettes des gratte-ciel du quartier des affaires.

C'était une ville assiégée par le désert, qui résistait en s'étendant un peu plus d'année en année, gagnant des hectares sur les territoires poussiéreux.

Environ une heure plus tard, nous avons pris la bifurcation à Florence et fait un détour par Oracle avant de rejoindre Tucson et de le dépasser, un autre mirage, une autre ville en lutte contre le désert.

Fasciné par la route, j'ai gardé le volant, tandis que la radio transmettait les signaux intermittents des stations – un collage de voix et de ballades sentimentales.

La climatisation soufflait sur mon visage. Derrière une station-service, un homme jouait au golf, seul, sur un terrain sablonneux et dépourvu de buissons, dans la lumière de cette fin d'après-midi. J'ai baissé la vitre et je me suis laissé caresser par le vent sec.

J'ai tendu un bras et tâtonné sur la banquette arrière pour trouver une bouteille d'eau. J'en ai bu une longue gorgée et je l'ai passée à Danilo.

Quand il s'est mis à trafiquer l'autoradio, à la recherche d'une musique qui le satisfasse, j'ai compris que mon ami recouvrait ses esprits. Il a paru regarder autour de lui, comme s'il voyait le paysage pour la première fois.

Les saguaros qui se dressaient dans la plaine faisaient penser à un peloton de totems. Sous le soleil, le sable prenait des nuances inattendues, des couleurs irréelles, presque d'une autre planète : les traces de minéraux qui avaient autrefois fait la valeur du désert, cuivre, argent, aventurine. Le long de la route, des panneaux poussiéreux indiquaient les sentiers menant à quelque mine désaffectée, des chemins d'argile battue ou des pistes de sable que je n'aurais guère aimé devoir suivre dans notre monospace.

D'autres panneaux signalaient les routes qui conduisaient vers les casinos, les réserves des Apaches ou des Tohono O'odham. Le peuple du désert.

Nous avions traversé les déserts du Mojave et de Sonora, et à présent nous étions à la lisière de celui du Chihuahua. Les trois déserts chauds d'Amérique du Nord. Que pouvait-on faire sinon traverser tous les déserts qu'on rencontrait ? Je n'arrivais pas à croire à la quantité d'erreurs que nous avions commises dans nos vies. Pour ne pas être écrasés par ces erreurs, nous ne pouvions que rouler droit devant nous.

Sur la 191, nous avons tourné vers le sud. Nous avons traversé une zone de champs à irrigation circulaire, d'énormes disques verts qui, vus d'en haut, devaient ressembler à des iris humains pointés vers le ciel, imaginais-je.

« On y est presque », a dit Danilo. Ses premières paroles depuis que nous avions quitté l'hôtel.

Nous avons roulé encore une heure dans le désert, ne croisant guère plus de deux autres véhicules, avec la forme d'un plateau sur notre gauche et, derrière nous, les sommets des Chiricahua Mountains. Oui, nous y étions. Un panneau nous a informés que nous arrivions à Elfrida.

*

Ce n'était guère plus qu'un hameau de constructions basses et de baraques qui bordaient la route poussiéreuse, de patios en sable délimités par des planches de bois, des touffes de yuccas et des buissons de roses épineuses disposés çà et là. Une vieille voiture jaune était garée devant l'épicerie locale tel un signe de reconnaissance. Elfrida, Arizona.

On aurait dit que le vent du désert était en mesure d'emporter la petite ville à n'importe quel moment ou de l'enfouir sous une couche de sable.

Dans le même temps, les choses avaient l'air banalement négligées : les véhicules tout-terrain et les pick-up stationnant devant les maisons, les stores qui ondulaient paresseusement, le panneau de la station-service qui affichait les prix de l'essence. Impossible de deviner qui pouvait bien choisir de vivre dans un endroit pareil – et pourtant, à vue de nez, ce devait être une communauté de cinq cents habitants.

J'ai demandé à Danilo de m'indiquer le chemin. Il a hésité : « Il y a au moins un snack-bar. Cherchons-le », il a suggéré d'un ton évasif.

Nous nous sommes garés face à une sorte de petite villa blanchâtre et aux deux tables en plastique blanc installées juste devant.

L'enseigne assurait que c'était bien un snack-bar, le Traveller's Lair, même si je doutais qu'il pût y avoir beaucoup de voyageurs par ici. Tout au plus devait-on croiser ceux qui venaient voir le chaman et dont Danilo avait lu les comptes rendus en ligne. « Il est censé être ici, ton homme ?

— Plus ou moins. » Le ton de sa voix ne me disait rien qui vaille. « D'après certaines informations, son campement se trouverait du côté d'Elfrida.

— *Du côté ?*

— Ce genre de chaman n'est pas facile à trouver, qu'est-ce que tu croyais ? S'il l'était, tu imagines le nombre de gens qui débarqueraient ici ? J'ai lu le blog de types qui disaient avoir obtenu des informations sur le lieu précis en posant des questions dans le village. »

Je me suis mis à me masser la tempe. « Tu veux dire... tu veux dire qu'on a entrepris ce voyage sans connaître notre destination exacte ?

— Ha ha ha », il a commenté d'une voix rauque, à mi-chemin entre un petit rire et une quinte de toux. Mon air indigné semblait être ce dont il avait besoin pour que la flamme de l'humour se ravive en lui. « N'est-ce pas une aventure fantastique ?

— Résumons », j'ai dit, stupéfait. J'ai respiré un peu d'air par la fenêtre et un goût de poussière est descendu dans mon estomac. « On est arrivés jusqu'ici et maintenant on ne sait pas comment poursuivre. Deux jours de voyage et, en réalité, on n'est même pas sûrs de réussir à le trouver.

— Regarde », il a répondu en m'indiquant un pick-up garé près de nous, aux portières décorées de motifs psychédéliques. Des dessins au pochoir de fleurs, de champignons et de cactus, entremêlés et aux couleurs acides. « Tu penses que des types qui conduisent ce genre de voiture sont là pour une autre raison qu'Anselmo ? On n'a qu'à suivre ce pick-up.

— Bien sûr, j'ai ironisé, exaspéré. Ou, encore mieux,

on n'a qu'à attendre le lapin blanc du pays des merveilles et on le suivra dans les buissons », j'ai conclu en descendant de voiture, avant de claquer la portière.

Je n'arrivais pas à y croire. Si je n'ai pas hurlé sur mon ami, c'est parce qu'il n'était pas encore remis de sa crise du matin. J'ai transpiré sous l'effet de la colère que je contenais à grand-peine et j'ai senti les gouttes de sueur couler le long de mon dos, un flux chaud qui m'a laissé une impression de vide, d'épuisement. J'avais roulé dans le désert pendant des heures et des heures juste pour me retrouver là, à me demander ce que je fichais dans cet endroit.

*

Dès que nous avons franchi le seuil du bar, la moitié des clients a levé les yeux pour nous examiner, les deux étrangers qui venaient d'entrer. L'autre moitié nous a ignorés. Trois ou quatre tables étaient occupées, ce qui m'a paru beaucoup pour une si petite ville.

Il régnait une fraîcheur agréable. Et c'était moins sordide qu'on ne l'avait imaginé du dehors. Une salle, le comptoir du bar sur un côté, de grandes tables le long des autres murs et un vieux flipper près de l'entrée.

Nous nous sommes assis au bar, sur des tabourets en velours, puis nous avons jeté un coup d'œil au menu et commandé des bières glacées, de la salade de pommes de terre avec des haricots et des morceaux de poulets frits. « Tu ne devrais pas boire de bière, j'ai conseillé à Danilo. Pas avec tous les médicaments que tu continues à prendre. »

Il n'a pas paru m'entendre. « Il faut qu'on trouve des informations », il a observé, en s'agitant sur son tabouret, électrisé, les traits tirés et le regard plus fébrile que jamais.

J'ai compris ce qu'il était en train de faire. L'excitation de l'aventure devait lui permettre de s'arracher au bourbier de la dépression. Dommage qu'il m'eût entraîné avec lui dans cette aventure. « Je n'arrive pas à croire que j'aie pu te suivre jusque dans le trou du cul du monde, j'ai dit.

— C'est toi qui as voulu continuer, il a ricané. On s'est suivis l'un l'autre. Ce matin, j'étais vraiment sur le point de laisser tomber... Et toi, tu as tenu à continuer. Je te l'avais bien dit, au début, que j'aurais besoin de ton aide.

— Mon aide, j'ai soupiré avec amertume. Ai-je jamais su aider quelqu'un ? » J'ai avalé une gorgée, mes dents ont légèrement heurté le col de la bouteille et la mousse de la bière a lavé le goût de la route, du vent chaud, de l'air conditionné. « Je t'ai persuadé de continuer parce que je pensais que tu savais où le trouver, ton chaman.

— Voici vos assiettes », a annoncé la serveuse derrière son comptoir.

L'écoulement du temps s'est arrêté. La serveuse était une jeune fille aux pommettes hautes qui portait une chemise d'homme par-dessus son pantalon. Elle nous a regardés, d'abord moi, puis Danilo, puis de nouveau moi, et elle s'est éloignée.

Danilo a plongé le nez dans son assiette. Il n'avait rien avalé de la journée. La salade avait un léger goût épicé et était servie avec du pain grillé.

En mangeant, j'ai examiné les photos accrochées au mur derrière le comptoir. Certaines avaient été prises à l'intérieur du bar, c'étaient des portraits de clients ou d'employés. D'autres avaient été faites à l'extérieur, des personnes qui souriaient, posant parmi les saguaros, des gens rassemblés autour d'un barbecue, des images du désert et de couchers de soleil dans le désert. Deux photos d'un ciel incroyablement rempli d'étoiles, une autre d'un bâtiment qui faisait penser à un observatoire.

Certains clichés montraient la fille qui venait de nous servir. Elle était aussi bien en photo qu'en vrai. Elle devait avoir environ vingt-cinq ans, les pommettes prononcées et des cheveux très noirs, brillants. D'origine indéfinie, peut-être avait-elle du sang indien.

Danilo examinait lui aussi les photos et, quand la fille est revenue vers nous, il l'a interpellée : « Cette salade est dé-li-cieuse », il a souligné.

Elle lui a répondu par un vague sourire. Derrière nous, le flipper à l'entrée lançait un appel électronique intermittent, comme s'il se plaignait d'être seul.

« Nous cherchons un chaman, lui a expliqué Danilo. Il s'appelle Anselmo.

— On ne dit pas *chaman.*

— Hein ?

— *Chaman* est un terme inexact pour les Indiens. Il faudrait plutôt parler de guérisseur.

— Un guérisseur », a concédé Danilo. Il s'est redressé sur son tabouret et a arboré son sourire le plus pédant. « Tu sais donc où nous pourrions le trouver ? »

Elle nous a observés. Ses yeux étaient gris foncé.

J'ai remarqué qu'elle portait un tatouage entre la

gorge et les parages du cœur, mais il dépassait à peine du col de sa chemise et je n'ai pas pu voir ce qu'il représentait.

Elle a secoué la tête. « Encore du pain ? elle s'est contentée de demander.

— Allons, a insisté Danilo. Nous ne sommes pas de vulgaires touristes. Nous avons besoin de trouver cet homme. »

Elle a continué à nous dévisager, jusqu'au moment où une lueur amusée a traversé son regard. « Puisque vous n'êtes pas de vulgaires touristes, vous saurez vous débrouiller seuls.

— Eh. Aucune pitié pour deux pauvres Italiens déprimés ?

— Je ne suis pas déprimé, moi, j'ai protesté.

— Un autre voyageur a déjà posé des questions aujourd'hui, elle a signalé.

— Je vois, a commenté Danilo en fermant les yeux. Tu ne veux pas en parler à trop de gens. Il semble que l'adhésion au club de la guérison soit très recherchée.

— Il semble, oui.

— Mais nous, on saurait convaincre le videur de nous laisser entrer, ha ha ha. »

La fille s'est légèrement penchée au-dessus du bar vers Danilo. J'ai lorgné sous le col de la chemise et constaté que le tatouage représentait une étoile de mer. « L'ironie est une arme qui s'émousse, elle a murmuré, une expression de grande quiétude sur son visage. Tôt ou tard, on finit toujours par tomber sur quelqu'un qui en possède une mieux aiguisée. »

Le sourire de Danilo s'est figé. L'espace d'un instant,

ses traits se sont tendus, comme s'il venait d'avaler un moucheron.

Quelqu'un a appelé la fille et Aylen, ainsi qu'elle devait se prénommer, s'est éloignée vers l'autre extrémité du bar, où trônait la caisse enregistreuse.

« Je l'avais presque convaincue, a soupiré Danilo en s'effondrant sur son tabouret.

— Vraiment ?

— Il faut que j'aille satisfaire un besoin naturel », il a conclu, puis il a battu en retraite vers les toilettes.

Une fois seul, j'ai regardé autour de moi. Un homme en bleu de travail avait entamé une partie de flipper. J'ai examiné le sol à carreaux rouges et blancs, le tabouret voisin du mien, le massif comptoir en bois.

J'observais tout avec une certaine stupeur. C'était bien moi, j'étais ici. Les bruits du flipper, les gens aux tables, la vague sensation désagréable de mes dents qui avaient heurté la bouteille de bière.

J'ai de nouveau croisé le regard d'Aylen et ma stupeur a augmenté. Stupeur. Comme c'était étrange de retrouver cette sensation. Ce petit frémissement intérieur face aux personnes et face aux choses.

« Café ? elle a proposé.

— Pourquoi pas. »

Il était noir, pas trop aqueux.

« Si vous cherchez où dormir, derrière on a deux chambres. Le prix est raisonnable, elle a ajouté.

— D'accord. » J'ai soufflé sur mon café. « J'ai une question à poser, ça ne concerne pas le guérisseur.

— Allez-y.

— Que fait donc une étoile de mer au milieu du

désert ? » Aussitôt j'ai regretté d'avoir posé une question si stupide.

Quand elle a compris de quoi je parlais, elle s'est contentée d'agiter les cheveux et d'esquisser un petit rire. À sa place, n'importe qui aurait automatiquement contrôlé son col de chemise. « On raconte qu'autrefois la mer arrivait jusqu'ici. »

Elle a pris la carafe de café et rempli ma tasse.

Le retour de Danilo a interrompu la conversation. Il était plus essoufflé que jamais. « Regarde, il a presque crié en indiquant dehors, derrière la vitrine, le mini-parking qui se trouvait devant le bar.

— Quoi ?

— Le pick-up psychédélique s'en va. » Et, d'un geste frénétique, il a extrait de sa poche deux billets qu'il a posés sur le comptoir.

« Laisse-moi au moins finir mon café. Tu n'as même pas terminé ton dîner, toi.

— Il s'en va », il a répété. L'énergie vitale semblait de nouveau circuler en lui tel le courant d'une marée furieuse. Il était déchaîné. Il m'a saisi par un bras et entraîné dehors. Quelques secondes plus tard, nous étions dans la voiture.

« C'est presque le coucher du soleil, j'ai signalé.

— Regarde où va le pick-up, il m'a ordonné, tout en démarrant et en manœuvrant la voiture.

— Peut-être qu'on ferait mieux de dormir ici et de se mettre à chercher Anselmo demain matin.

— Qu'est-ce que tu racontes ?

— Il fait presque nuit, on est dans un bled inconnu et on n'a aucune idée de l'endroit où va ce véhicule.

— C'est évident, l'endroit où il va. Tu n'as pas entendu ta copine, là-dedans ? Qui veux-tu que ce soit, l'autre voyageur dont elle parlait ? Ce doit être le type du pick-up. »

Il a changé de vitesse. Un instant avant que nous ne démarrions sur les chapeaux de roues, j'ai regardé la façade du Traveller's Lair et croisé encore une fois le regard d'Aylen à travers la vitrine. Ç'a été un flash. Ou peut-être l'ai-je imaginé. Un fragment de sensation dans la frénésie du départ. Ses yeux tels deux aimants parfaits. Elle semblait un peu inquiète en nous regardant partir.

*

Nous avons traversé la petite ville. D'un côté, le plateau sans nom et le profil des Chiricahua Mountains. De l'autre, le soleil qui descendait dans le ciel, le teintant de rouille.

Le pick-up que nous suivions soulevait une traînée de poussière. Il roulait à vive allure vers le sud, en direction de la frontière. « Et s'il va au Mexique ?

— Il ne va pas au Mexique. Tu verras, il va chez Anselmo. On est vendredi soir.

— Et alors ?

— Sur Internet, des types disaient que les gens viennent voir Anselmo les week-ends. Des gens qui viennent des villes. »

Tandis que le ciel s'assombrissait, nous avons dépassé une autre zone de champs à irrigation circulaire. Leur vert contrastait cruellement avec la poussière qui régnait tout autour.

Le pick-up a tourné et pris une petite route d'argile battue. C'était le désert le plus vrai, le plus âpre et le plus profond que nous ayons traversé jusqu'à présent, loin des autoroutes, des stations-service et des villages de western pour touristes, ou encore des colonies d'artistes telles que Tubac et Bisbee.

L'espace d'un instant, l'intensité de ce que je voyais a semblé en mesure de me hurler quelque chose. Les roches, les épines et les étendues d'ocotillos. Sur le bord de la route, des buissons de lys du désert se secouaient sur notre passage, leurs fleurs blanches prêtes à se fermer au coucher du soleil.

Le pick-up a pris une piste en terre. Maintenant j'étais vraiment inquiet. « Notre voiture n'est pas faite pour le tout-terrain.

— S'il y arrive, on y arrivera aussi. »

Deux kilomètres plus loin, le véhicule que nous suivions a tourné pour suivre une autre piste, puis une autre encore, chacune plus accidentée que la précédente. Pas la moindre trace de vie humaine à l'horizon. Tout juste pouvait-on distinguer là-bas au fond, dans la lumière basse, les silhouettes des... des tas de... Le pick-up s'est arrêté au bord de cette zone qui était de toute évidence une décharge sauvage.

Des carcasses de voitures à moitié brûlées et des tas d'ordures. J'ai reconnu la silhouette d'un frigo abandonné, porte ouverte, corrodé par le sable qu'apportait le vent.

Nous nous sommes garés derrière le pick-up et la lumière rouge de ses phares a éclairé nos visages. Je crois que nous étions quelque peu sous le choc.

Un type est descendu du véhicule. Il n'avait pas l'air commode et portait un chapeau de cow-boy sur son crâne sans doute chauve. Et il tenait un fusil sous le bras. Un véritable fusil.

Malgré la décoration de sa voiture, il n'avait rien d'un hippie.

Il s'est approché de la vitre du côté de Danilo : « On peut savoir ce que vous voulez ? il a craché avec un fort accent latino.

— Euh… », a répondu Danilo. Il serrait son volant si fort que ses articulations étaient blanches. « Anselmo. On cherche des informations qui nous permettent de trouver Anselmo. On pensait que vous pourriez nous aider. »

Le type a dévisagé mon ami en se demandant visiblement si ce dernier n'était pas débile. Puis il m'a dévisagé à mon tour en se posant la même question. Il a dû se dire que nous étions inoffensifs, car il a paru se détendre, il a fait un pas en arrière et a baissé son arme presque au point de lui faire toucher le sable.

« C'est un guérisseur traditionnel, a soufflé Danilo. On sait qu'il est certainement quelque part dans le coin.

— Je ne sais rien du gars que vous cherchez. Fichez le camp. » Il est retourné vers son pick-up, il a jeté le fusil sur la plate-forme, puis il a retiré un tender, libérant ainsi une bâche sous laquelle se trouvait un vieux téléviseur en mauvais état. Voilà le motif de sa présence en ces lieux. C'était aussi simple que ça.

Nous avons fait marche arrière. Dès que la piste se fut élargie de cinquante centimètres, nous avons fait demi-tour. Nous revenions sur nos pas. Sans dire un mot, car il n'y avait pas grand-chose à ajouter.

Nous n'étions pas seulement déçus de ne pas avoir trouvé Anselmo. L'image de la décharge qui s'étendait en plein désert dans la pureté du crépuscule, une ligne de détritus abandonnés par l'homme, brûlait en nous telle une ecchymose. Ce réfrigérateur ouvert comme une bouche édentée.

La nuit était tombée, nos phares caressaient le sable et les buissons.

Les irrégularités de la piste me secouaient sur mon siège. Cela me semblait toujours aussi étrange, aussi incroyable d'être ici. Dans un lieu fait de contrastes si violents. Et si radicalement loin.

Loin de la sécurité de ma caravane à Big Sur, des beignets de tofu et des psaumes matinaux. Plus loin encore de l'Italie, des rames sales du métro milanais et des taxis blancs qui sillonnaient les rues. Des expressos, des apéritifs dans les bars, des journaux télévisés sur la R.A.I., des impôts à régler au fisc et du bourdonnement de mon ordinateur débordant de données. Vraiment, ç'avait été ça, ma vie ? Loin, si loin : j'avais la tête qui tournait comme après un saut périlleux, et je savais que pendant ce saut, quelque chose était allé de travers dans tout ce qui tourbillonnait derrière moi. J'ai revu la décharge dans le désert. Quelque chose était allé horriblement de travers, pour mon ami, pour moi et pour toute l'humanité.

J'ai regardé tout autour. J'éprouvais un vertige de stupeur, c'est vrai, mais aussi un début de panique. « On s'est trompés de route, j'ai dit, après que Danilo eut tourné deux fois. On n'est pas venus par cette piste.

— Hein ? il a répondu. C'est toi qui te trompes. On

est venus par ici. » Il a de nouveau tourné, et on devinait, derrière la zone éclairée par le faisceau des phares, une étendue de poussière, de buissons fantomatiques. Soudain, il a compris lui aussi. « Merde. Comment on fait pour reprendre la route ? »

*

Le moteur toujours en marche et les phares pointés droit devant, nous nous sommes arrêtés. Danilo a tenté de localiser notre position à l'aide de son téléphone. « Merde, il a répété, en examinant l'appareil dans sa main comme s'il s'était changé en petite créature extraterrestre. Il n'y a pas de réseau. On est paumés.

— Essayons de bouger », j'ai proposé.

Il m'a tendu le téléphone et s'est remis à avancer sur le sol rocheux, pendant que je regardais si on captait de nouveau le réseau. Aucun signal. Je n'ai pas pu me retenir plus longtemps : « Toi et ton foutu téléphone ! Je t'avais bien dit qu'on devait rester en ville.

— *Je t'avais bien dit qu'on devait rester en ville*, il a répété en m'imitant. Va te faire foutre, mon pote ! Tu voulais rester juste pour flirter avec la serveuse. »

Il y a eu une secousse, la piste devenait impraticable. « Si on se retrouve plantés dans le sable, on est cuits », j'ai dit. Un calme artificiel a séché ma gorge. « On a intérêt à s'arrêter.

— Hein ?

— Arrêtons-nous et attendons qu'il y ait de la lumière. » Pour le convaincre, je lui ai raconté l'histoire des deux touristes morts dans le Mojave. On en avait parlé la veille au soir dans le bassin, avec Harry et les filles.

C'était une bien triste histoire. Récemment, deux touristes européens s'étaient aventurés dans le désert à la recherche d'un Joshua tree particulier – celui qui avait été immortalisé sur la pochette d'un vieil album de U2. Ils ne l'avaient jamais trouvé. Ils s'étaient ensablés et étaient morts de chaleur. On les avait découverts plusieurs jours après, gonflés et desséchés, tels des fruits oubliés au soleil.

« Il fait nuit, il a objecté. Nous, à la rigueur, on risque de mourir de froid.

— Demain, avec le soleil, ce ne sera pas drôle d'être coincés ici. On sera à la merci du désert et on n'aura aucune chance de s'en sortir. Arrêtons-nous maintenant et repartons dès l'aube, ce sera plus facile d'affronter la piste. »

Danilo n'a pas cessé d'avancer.

« Dis-moi au moins une chose », j'ai alors demandé, et je me suis agrippé au tableau de bord comme si nous étions tout en haut d'un grand huit. « Il existe, ce chaman, ce guérisseur ?

— Pourquoi tu me demandes ça ? »

J'ai dit que je commençais à croire que c'était juste une légende. Le guérisseur capable de soigner la dépression, de réparer les âmes les plus abîmées : à présent, ça me semblait être une légende du désert. Comme le trésor du galion enfoui dans le Mojave, les mines désaffectées encore pleines d'or ou les tueurs en série qui attendaient leurs futures victimes dans les stations-service. Un conte. Si Anselmo avait existé, ne l'aurions-nous pas déjà trouvé ?

« Ne dis pas des trucs comme ça », il a gémi. De nouveau, il serrait le volant à s'en faire blanchir les articulations. « Même pas pour plaisanter. Ça ne peut pas être une légende. Cet homme est mon dernier espoir. »

J'ai renoncé et je me suis abandonné contre le siège. Nous n'avions même pas de boussole. Comment avions-nous pu être si imprévoyants ?

Peut-être étions-nous sur la route vers le sud et la frontière. Là où les immigrants clandestins traversaient le désert, des sandales en plastique aux pieds, où les trafiquants transportaient des armes et des drogues dans leurs véhicules tout-terrain. Peut-être servirions-nous de repas aux coyotes. Peut-être devions-nous vraiment nous arrêter.

La route s'est chargée de convaincre Danilo : une soudaine irrégularité du terrain lui a fait perdre le contrôle de la voiture et nous avons fini droit contre un rocher.

Le choc n'avait pas été violent. Mais quand Danilo a voulu remettre la voiture en route, nous avons constaté que le phare avant gauche s'était cassé dans l'accident.

Le froid nocturne envahissait l'habitacle. Perdus dans la nuit et avec désormais un seul phare. « D'accord, a concédé Danilo. On va camper. »

*

Le feu crépitait. De petites étincelles jaillissaient, dessinant des trajectoires variables et entremêlées.

À la lumière du phare restant, nous avions ramassé des morceaux de bois et des brindilles dans les buissons, et le feu avait pris. Puis nous avions monté la tente, celle que Rudi nous avait prêtée en cas de besoin et qui était encore dans le coffre.

Nous avions des bouteilles d'eau mais, hélas, pas de nourriture.

« Qu'est-ce que je ne donnerais pas pour une tranche de pizza. Ou bien un hot dog, s'est plaint Danilo en jetant des brindilles dans les flammes. Allez, il m'a exhorté.

— Allez quoi ?

— Qu'attends-tu pour m'administrer un de tes *je te l'avais bien dit* ? »

Je me suis glissé plus près de la chaleur des flammes. Les étincelles en suspension dans l'air brillaient avant de s'éteindre, semblables à de minuscules fusées de signalisation. « Peut-être qu'un *ranger* apercevra le feu, j'ai simplement observé.

— Un sandwich jambon-fromage. Des rouleaux de printemps », a poursuivi Danilo.

Nous étions assis, jambes croisées, tous deux enveloppés dans d'épais sweat-shirts. À cause de la fumée, j'avais les larmes aux yeux.

D'un coup, il est sorti de sa torpeur. « Attends », il a fait. Puis il s'est levé et a marché jusqu'à la voiture. De retour, il tenait un pot en verre à la main. « Je savais que c'était une bonne idée de les prendre. »

C'étaient les pêches à l'eau-de-vie que nous avait données Martin. J'ai plongé les doigts dans le pot et j'en ai mangé deux. Elles étaient sucrées, liquoreuses. Même si je savais qu'il finirait à moitié ivre, j'ai laissé les autres à mon ami – qui, ce jour-là, avait mangé moins que moi.

Le feu libérait les arômes les plus intimes du bois et il y avait dans l'air un parfum de résine qui venait des buissons de créosote, couverts par l'humidité de la nuit. Tout autour, on devinait des taches d'une végétation enfin soulagée de ne plus être prise dans l'étau du soleil pour quelques heures au moins.

Les flammes s'agitaient lentement, presque en rythme avec le souffle imperceptible du désert, et j'avais de nouveau la sensation que l'espace environnant, les buissons épars, le ciel et le silence du sable s'apprêtaient à me crier quelque chose. Tout ce qui nous entourait voulait me parler, un message diffus et commun. Était-ce là ce que sentaient les anciens mystiques, les pères du désert, tous ceux qui, au fil des siècles et des millénaires, étaient venus dans un endroit comme celui-ci ?

Mais nous nous étions perdus et ça m'inquiétait sérieusement. Si seulement nous étions restés au Traveller's Lair. J'ai songé à la tasse de café que j'avais serrée entre mes mains, à la fille qui avait une étoile de mer tatouée dans le cou. « Danilo.

— Qu'est-ce qu'il y a ? » À sa voix, j'ai compris qu'il était à moitié ivre, et j'ai reconnu le même mélange d'émerveillement et d'effroi que j'éprouvais moi aussi. Le feu a cessé de crépiter pendant quelques instants.

« Rien », j'ai répondu, préférant renoncer. J'y ai réfléchi. Ce n'était pas facile de trouver les mots. « Je me demande ce qu'on va devenir. Plus tard, je veux dire.

— Mon vieux, a fait Danilo en toussant. J'ai l'air de quelqu'un à qui on peut poser ce genre de question ? »

Il a mis d'autres branches à brûler. La chaleur venait vers nous par vagues. « Rien de tel qu'un bon feu de camp pour encourager de viriles discussions philosophiques, ha ha ha, il a ironisé.

— Tu as raison », j'ai admis. Le feu continuait à me faire mal aux yeux. « Laisse tomber. »

Il a regardé fixement les flammes. « Pour ce qui me concerne, je veux que ce chaman me fasse bouillir le cerveau. »

J'ai frémi en attendant la suite.

« Je veux tomber dans les pommes, l'écume aux lèvres, et me réveiller le lendemain en étant un autre homme. Plus fort, meilleur. » Danilo s'est allongé par terre, sur le dos, les mains derrière la nuque. « Sans la paranoïa, sans poids sur les épaules, sans la tristesse qui m'écrase depuis le temps du collège. Trouble bipolaire ou dépression de mes couilles. Les médecins n'ont même pas su formuler un diagnostic définitif. Ensuite, je retournerai à ma vie et j'en ferai ce que je déciderai. Voilà ce que je deviendrai, moi.

— Eh bien, j'ai commenté, dubitatif.

— Si ton ancienne copine a pu guérir, pourquoi pas moi ?

— Kareen ne s'est pas fait, mh..., *bouillir le cerveau* par un chaman. » Je me suis allongé à mon tour. Dans le ciel, la lune presque pleine avait un halo laiteux. « Elle s'est juste débarrassée de moi, j'ai observé avec amertume.

— Promets-moi une chose, il a repris. Promets-moi que tu continueras à chercher Anselmo avec moi.

— Hein ?

— Cette jolie serveuse. Promets-moi que tu ne vas pas tout lâcher pour lui courir après.

— Allons donc, j'ai protesté. On aura déjà de la chance

si on sort vivants de ce désert. J'imagine qu'on ne la reverra jamais plus. »

Le ciel était une carte infiniment détaillée. J'ai examiné le grouillement de constellations comme si je mesurais pour la première fois leur nombre prodigieux. Nos voix se sont éteintes, le murmure du vent secouait les flammes. Nos deux souffles et le hululement lointain d'un animal. Nous nous sommes retirés sous la tente sans dire un mot. C'était un moment qui se passait de discours. Nous sommes restés éveillés à attendre le sommeil, en respirant dans cette nuit inconnue.

*

Je ne me rappelle plus ce que j'ai rêvé. Je sentais la terre dure à travers le revêtement de sol de la tente. J'avais l'impression d'être à la fois éveillé et plongé dans un abîme de sommeil.

La brise qui caressait la tente. Notre expédition sans boussole. Les pochettes de vieux disques, nos souvenirs en équilibre sur la glace et le vertige de l'économie capitaliste finissante, le fantôme d'Anselmo qui paraissait expirer, ineffable et moqueur, en compagnie de la brise.

Le souffle de Danilo avait libéré des vapeurs d'alcool dans l'espace de la petite tente.

Je dois lui dire d'arrêter l'alcool et les comprimés, j'ai pensé dans quelque coin de ma conscience. Ou du moins ai-je le souvenir de l'avoir pensé. Deux hommes avec une barbe de trois jours, les paupières plissées par la tension des rêves.

Pelotonné dans mon sweat-shirt, je me suis tourné dans

mon sommeil. Je savais ce que croyait Danilo. Il croyait fermement que c'était sa faute à lui seul.

Oui, il pensait avoir été licencié en raison de quelque défaut de fabrication, et donc, si on trouvait le moyen de corriger ce défaut, il pourrait revenir triomphalement à sa vie d'avant. La vie d'avant. Le même travail, les mêmes gens qui l'avaient exploité du début à la fin avant de se débarrasser de lui.

Ils avaient taillé dans les dépenses et lui avaient préféré un vulgaire comique à trois sous. C'était un mécanisme universel, ça : tailler dans les dépenses et préférer quelqu'un de moins compliqué.

Dehors, un insecte du désert s'était mis à grésiller. Je me suis demandé comment un homme pouvait s'aimer, dans un système qui l'exploitait et qui le remplaçait à la première occasion. Comment un être humain pouvait-il s'apprécier, s'estimer, dans une époque qui ne l'aimait pas mais qui le méprisait ?

Non, j'ai décidé. Je n'y retournerais pas. Envoyer des curriculum vitae, espérer des réponses qui n'arrivaient jamais, patienter dans des salles d'attente. Les entretiens avec des chefs du personnel au regard glacé, parfois plus vide que le mien. L'idée de recommencer tout ça faisait naître un élancement de panique. Non, je ne reviendrais pas en arrière. Dans ce cas, où échouerais-je ?

Le grésillement nous a accompagnés jusqu'au milieu de la nuit, rythmant les rêves et les pensées, les calmant peu à peu et les estompant. Il nous a laissés dormir, immobiles, jusqu'au moment où un œil de lumière s'est furtivement glissé sous la tente.

*

Je suis sorti satisfaire un besoin naturel et, au soulagement d'avoir la vessie vide, s'est ajouté celui de reconnaître au loin, à l'horizon, le relief désormais familier du plateau sans nom.

J'ai pris une grande inspiration, j'ai retenu l'air dans mes poumons, puis je l'ai soufflé avec une douloureuse lenteur.

Grâce à ce point de repère, nous réussirions à trouver la route d'Elfrida. J'ai réveillé Danilo et démonté la tente. Il valait mieux repartir avant que le soleil soit brûlant.

D'une démarche de zombie, Danilo s'est mis à errer en battant des paupières dans la lumière fragmentée du petit matin. « Tu as vu ? il a fait d'une voix pâteuse. Hier soir, on roulait dans la bonne direction, puisque le plateau est là-bas.

— Profite que tu as les mains libres pour ramasser ça », j'ai coupé court, tout en repliant la tente. Le pot de pêches vide gisait près des cendres froides.

Je l'ai entendu grogner, de mauvaise humeur. Il s'apprêtait à se baisser puis, d'un coup… « Aaaah ! » il a hurlé.

J'ai suivi son regard et sursauté. Il y avait quelque chose de vivant dans le pot, une créature noire.

C'était un gros scorpion. Nous sommes restés tous les trois paralysés, l'animal, Danilo et moi.

Il nous a observés quelques instants à travers la protection du verre, avant de sortir du pot et de trottiner sans bruit vers un rocher derrière lequel il s'est abrité.

« Merde, a fait Danilo. D'abord le type au fusil et maintenant le scorpion.

— Oui. Merci pour cette rassurante nuit dans le désert, mon cher.

— Oh, ta gueule, hein. On n'était absolument pas perdus », il a insisté.

Nous sommes remontés en voiture. Tout le paysage semblait nous observer. Il était difficile d'échapper à l'idée que derrière chaque buisson, sous chaque pierre, il pût y avoir un scorpion, une tortue, un reptile, une quelconque bestiole occupée à nous épier, à veiller sur le secret fuyant du désert.

Nous avons suivi la piste sèche pendant une demi-heure. Sous le soleil qui montait dans le ciel, l'horizon de sable et de roches devenait plus net, aussi inexorable qu'une antique promesse. Étrange, j'ai songé. Une partie de moi continuait à se demander ce que je fichais là. Et l'autre commençait à se dire que je n'aurais pu être nulle part ailleurs.

Danilo m'a lancé un coup d'œil et il a écarté les cheveux collés contre son front. « Écoute. On devrait réfléchir au programme de la journée.

— Ça alors, n'ai-je pu m'empêcher de remarquer. Quelqu'un essaie de reprendre la direction des opérations.

— Le programme de la journée, il a répété. Je me charge de trouver des informations sur Anselmo et toi tu demandes à ta copine du Traveller's Lair où on peut faire réparer le phare cassé. Je sens que ce soir sera le bon. Quoi qu'il arrive, on trouvera le vieux guérisseur. »

J'ai hoché la tête. Oui, c'était ce soir ou jamais.

Nous avons suivi une courte montée et compris que nous étions enfin sauvés, au moins pour le moment.

Nous avons regagné l'asphalte. Alors que nous repartions en direction du village, Danilo a émis un petit rire et posé une main sur son cœur. « La vache. J'ai failli avoir une attaque en voyant cette bestiole dans le pot. »

*

Le Traveller's Lair venait juste d'ouvrir. Derrière le comptoir, il y avait une autre serveuse, une dame aux formes généreuses, aux cheveux courts et gonflés, avec des lunettes sur le nez. Le café gargouillait dans la carafe en verre.

À la radio, un animateur au débit frénétique saluait les auditeurs du sud-est de l'Arizona.

Assommés, nous nous sommes installés à une table. Environ quatorze heures s'étaient écoulées depuis que nous étions partis d'ici en toute hâte, ç'avait été une longue nuit dans le désert. Et on était de retour. J'ai posé les bras sur la surface griffée de la table.

La serveuse est venue vers nous en traînant les pieds. « Bonjour, les enfants. » Elle a posé la carafe de café au bord de la table et nous l'avons examinée d'un air rêveur, presque atterré. « Vous êtes les premiers clients de la journée et j'ai déjà mal aux pieds.

— Désolé, j'ai dit en regardant autour de moi.

— Ça doit être la lune. J'ai des pieds-garous, ils se réveillent avec la pleine lune.

— Aylen ne travaille pas, aujourd'hui ?

— Vous êtes des amis d'Aylen ? » elle a demandé en nous versant du café. Puis elle nous a observés à travers ses lunettes.

Elle nous a expliqué que c'était son jour de repos. Il lui arrivait parfois de passer dire bonjour quand elle ne travaillait pas, mais il était impossible de savoir quand. La serveuse qui avait mal aux pieds nous a en outre confirmé qu'en effet ils avaient des chambres disponibles derrière le snack-bar. Et non, elle ne savait rien à propos de guérisseurs ni d'aucune histoire de ce genre. Elle a levé les yeux au ciel. Pour ces choses-là, il fallait demander à Aylen.

Nous avons pris un petit déjeuner copieux, composé d'œufs brouillés, de pancakes et de pain grillé. D'autres clients étaient entrés, j'ai reconnu des visages de la veille au soir. À la radio, l'animateur a donné les prévisions météorologiques, ciel dégagé pour les prochaines quarante-huit heures : températures supérieures aux normales saisonnières le jour, inférieures la nuit. Il a rappelé les personnes célèbres nées ou mortes ce jour-là, Lenny Bruce, Carolyn Jones, Arthur Lee.

Danilo s'est figé sur place et soudain une larme a coulé sur son visage. Elle a traversé sa joue, puis elle est tombée dans la tasse de café qu'il tenait à la main. Des cercles concentriques ont envahi la surface.

« Qu'est-ce qui se passe encore ?

— Tu n'as pas entendu ? il a demandé, presque scandalisé que je ne sois pas ému moi aussi. Lenny Bruce. »

C'était un des grands comiques du passé et un des héros de Danilo. « Il était déjà mort quand nous sommes nés, toi et moi, j'ai remarqué. Et, il y a une minute, tu ignorais précisément quand.

— Tu ne comprends pas, mon vieux. » Il a secoué la tête. « Ce n'est pas une question de date. En citant Lenny, cet animateur m'a rappelé que je ne serais jamais aussi bon que lui. Ni autant regretté.

— Tu es malade, j'ai commenté.

— Je me félicite que tu t'en sois aperçu. » Deux autres larmes sont tombées dans son café.

C'était une matinée comme ça. Le monde entier était sur le point de se briser en deux et de nous inonder d'amour ou d'une peine infinie. C'était ça, ce qu'on appelait réalité : une collection de détails hypnotiques et dilatés, éclaboussures de café sur la nappe, lumière agressive contre la vitre du bar, une fractale de sensations dans les sensations.

Danilo s'est essuyé le visage dans sa serviette et il a conclu par son habituel rire rauque. Se moquait-il de lui-même, de ma hâte manifeste de revoir Aylen ou des chaussons blanc sale de la serveuse ?

Il s'est levé, il voulait prendre ses quartiers dans la chambre. Moi, je suis resté là à siroter mon café.

*

C'était déjà l'après-midi quand, las de traîner dans le bar, je me suis résigné à l'idée qu'Aylen ne viendrait pas.

Je suis allé dans la chambre. On y accédait par un escalier métallique aux marches rouillées, à l'arrière du bâtiment.

Les murs étaient lambrissés. Il y avait deux lits de camp aux matelas propres, une grande armoire et pas grand-chose d'autre. Des stores vénitiens en plastique vert pâle protégeaient des reflets du soleil, mais pas de la chaleur. À l'inverse du bar, ici il n'y avait pas de climatiseur, juste un ventilateur au plafond, que Danilo avait laissé en marche avant de disparaître on ne sait où.

Je me suis allongé sur un des lits. J'avais encore sur la langue le goût des trop nombreux cafés que j'avais bus et aussi celui de la déception de ne pas avoir vu Aylen.

Pourquoi était-ce si important de la revoir ? Une fille avec qui j'avais échangé au maximum une douzaine de phrases. J'ai tenté de visualiser ses yeux gris, ses hautes pommettes et la soie noire de ses cheveux. Mais ses traits se sont inévitablement confondus avec ceux de Kareen.

Cinq minutes et je devrais ressortir afin de chercher une solution au problème du phare cassé.

Quand j'ai rouvert les yeux, le ventilateur au-dessus de moi était éteint. Je m'étais endormi et, pendant ce temps, Danilo avait dû passer dans la chambre.

J'ai levé la tête et clignoté des paupières. Qu'est-ce que... J'ai dégluti face à ce spectacle : il y avait du sang par terre. Debout, j'ai titubé, le cœur qui pompait dans ma gorge et à mes tempes.

Le sang était frais, rouge vif, insoutenable. J'ai avancé, veillant à ne pas marcher dedans et incapable d'articuler la moindre pensée. Rien d'autre que mes tempes qui pulsaient et la panique qui montait de mon estomac par vagues.

Les taches dessinaient un parcours, elles traversaient la chambre en direction de la porte, sous laquelle il y avait une fente de lumière intense. Au fond de moi, je savais à qui ce sang appartenait. J'ai ouvert grand la bouche, mais aucun son n'en est sorti. J'étais sur le point de vomir.

Chaque partie de mon corps voulait fuir cette scène et partir le plus loin possible.

J'ai avancé. J'ai ouvert la porte. Danilo était debout, il saignait du nez et de la bouche. Le sang coulait sur sa chemise et le long de ses bras, les gouttes tombaient du bout de ses doigts. J'ai secoué la tête. Je ne trouvais pas les mots, je ne trouvais pas le souffle. Tout ce sang. Tout ce mal.

Peut-être ai-je crié et peut-être mon propre cri m'a-t-il réveillé. Quoi qu'il en soit, quand j'ai recouvré mes esprits, j'étais haletant et trempé de sueur sur le lit de camp. J'ai regardé autour de moi. Le ventilateur était en marche. La chaleur était insupportable.

Même avec les stores baissés, la lumière du soleil couchant entrait dans la pièce et l'emplissait d'un reflet couleur rouille. Aucune trace de sang. Le lit, mes chaussures par terre et les vêtements de Danilo étalés sur l'autre lit : dans cette lumière, les objets ressemblaient à des pièces archéologiques extraites des sables du désert.

Je me suis levé. J'avais la tête qui tournait, je me sentais angoissé. Mon ami. Où était mon ami ?

J'allais me précipiter dehors, quand j'ai aperçu une feuille de papier glissée sous la porte. Elle était pliée en deux. Je l'ai ramassée : je n'ai pas compris ce que c'était, on aurait dit une carte. Dans l'immédiat, elle était inutile, elle ne me disait pas où se trouvait mon ami.

J'ai ouvert grand la porte et dévalé les marches quatre à quatre, le métal dur sous mes pieds nus.

J'ai fait le tour du bâtiment et j'ai couru vers l'entrée du bar, manquant de heurter quelqu'un. C'était Danilo. Je l'ai examiné pendant une demi-seconde pour m'assurer qu'il allait bien, puis je l'ai pris dans mes bras et serré contre moi.

« Wow, il a commenté. Être pris dans ses bras par un type qui court dans tous les sens, sans chaussures, comme un fou, c'est exactement ce que je voulais.

— J'ai fait un cauchemar… », j'ai murmuré. Jamais un rêve n'avait provoqué chez moi une telle angoisse. Tandis que je cherchais mes mots, je me suis aperçu que je tenais à la main le papier trouvé sous la porte.

Les constructions basses qui bordaient la route reflétaient le coucher de soleil couleur rouille et la bande d'asphalte en faisait autant. C'est dans cette lumière que nous avons examiné la feuille de papier.

C'était une carte dessinée au feutre. Elle indiquait l'emplacement d'Elfrida, la 191 qui traversait la ville du nord au sud, les champs à irrigation circulaire – de petits cercles dessinés à côté de la route.

La partie intéressante se trouvait au nord du village. Une rue semblait s'écarter et se diriger vers les montagnes, jusqu'au point où l'auteur de la carte avait esquissé la silhouette du plateau sans nom. Au niveau du plateau, on pouvait lire : OBSERVATOIRE ABANDONNÉ. et, juste dessous : ANSELMO ICI.

Danilo et moi nous sommes regardés. À en juger par la carte, l'endroit que nous cherchions était sous nos yeux depuis le début.

Nous avons tourné les yeux vers l'ouest et il était là, compact, en attente, une forme immobile et presque vivante, qui absorbait en silence l'incendie du crépuscule. Le plateau. Notre but.

*

Nous avons reconstitué ce qui s'était passé au cours de l'après-midi. Danilo s'était baladé dans le village, mais il n'avait pas pu recueillir beaucoup d'informations. Quant à moi, malgré la quantité de café ingurgité le matin, j'avais dormi tout l'après-midi, d'un sommeil profond. Et quelqu'un avait glissé sous la porte cette carte permettant de trouver le guérisseur – ce ne pouvait être qu'Aylen, pensais-je.

Placés l'un à la suite de l'autre, les faits suggéraient quelque chose de simple et de fantasmagorique à la fois.

Chaque événement était entouré d'une aura électrique, étrange, celle qui enveloppait désormais les formes autour de nous, les voitures garées et le profil des maisons dans le soir de plus en plus proche.

Ce n'était pas comme d'être dans un rêve. C'était plutôt un nouvel espace de résonance. Chaque sensation, chaque souffle avait un écho inattendu, comme à l'intérieur d'une gigantesque grotte.

Danilo voulait partir aussitôt pour le plateau, il s'est dirigé en courant vers l'épicerie afin d'y acheter de l'eau et de la nourriture. Un minimum de provisions qui nous permettent d'affronter la nuit, indépendamment de ce qui nous attendait là-haut.

Je suis allé récupérer mes chaussures dans la chambre. Puis je suis allé jusqu'au bar, à la recherche d'Aylen.

« Elle n'est pas venue », m'a annoncé dès qu'elle m'a vu la serveuse qui avait mal aux pieds.

J'ai demandé un verre d'eau glacée et je me suis assis à une table, décidé à attendre Aylen. Si elle était passée déposer cette carte à notre intention, elle ne pouvait pas être loin.

Danilo est revenu au bout de quelques minutes. C'était une vraie turbine, il était essoufflé, les tempes rayées par la sueur qui coulait.

Je l'ai revu tel qu'il m'était apparu dans le cauchemar, blessé et couvert de sang sur le seuil de la porte, et un soulagement plein de gratitude m'a envahi : il était devant moi, entier. Mon meilleur ami. L'homme que j'aurais voulu serrer dans mes bras et rouer de coups de poing à chaque moment.

«J'ai tout mis dans la voiture, il a dit. Dépêche-toi, on y va.

— D'accord, j'ai répondu. Je me disais juste qu'on pourrait attendre quelques minutes, le temps de voir si Aylen arrive.

— J'ai demandé au type de l'épicerie, il a poursuivi, en sautant d'un pied sur l'autre. Il m'a dit qu'en effet, sur le plateau, il y a un observatoire abandonné. Comme le montre la carte. Lève-toi, il faut qu'on parte.

— Attendons un peu, j'ai insisté. On pourrait dîner ici avant d'y aller.»

Un voile de glace s'est posé sur son visage. Il a cessé de sautiller et m'a regardé gravement : «Je n'arrive pas à y croire. Tu préfères rester ici et attendre ta serveuse, c'est ça ? Maintenant qu'on sait enfin où trouver Anselmo, tu préfères la serveuse.

— C'est sûrement elle qui nous a fourni la carte, je lui ai rappelé. Si on l'attend, elle nous accompagnera peut-être. Elle nous aiderait à éviter les mésaventures comme celle de la nuit dernière.

— Il n'y aura aucune mésaventure. On a une carte, il a soufflé, les yeux mi-clos. Mais toi, tu préfères rester ici.

Je me demande bien ce que tu espères obtenir d'elle. Laisse-moi deviner, ha ha ha.

— Attention. Ne gâche pas tout, je l'ai prévenu avant qu'il n'ajoute quoi que ce soit.

— C'est toi qui gâches tout. » Il a indiqué le monospace qui nous attendait à l'extérieur, parmi les premières ombres du soir sur la route poussiéreuse. « Tu m'as promis de ne pas me laisser tomber. Tu as promis, mon vieux. »

À contrecœur, je me suis levé et je l'ai suivi dehors. La lune était un phare blanc, parfaitement rond, qui nous encadrait d'en haut.

Quelqu'un avait mouillé la poussière de la route à l'aide d'un tuyau d'arrosage. L'odeur d'humidité m'a ramené l'espace d'un instant sur la falaise de Big Sur, sous la pluie, quand Brother Lucius me parlait de la peur. La peur de partir. Je voulais partir et je voulais rester. Aucune idée de ce qui nous attendait sur le plateau. Tandis qu'un frisson me parcourait, je suis monté dans la voiture.

*

Face à nous, derrière le pare-brise, le ciel était d'une beauté irréelle. La lune et l'ultime lumière du jour lui donnaient une teinte bleue, presque indigo : brillant, aussi transparent qu'un abat-jour. Dessous, la lumière du cosmos filtrait à travers des millions de petits trous.

Les constellations, leurs tracés, les innombrables facettes de la voûte céleste.

Comme s'il lisait dans mes pensées, Danilo a murmuré quelque chose au sujet des constellations.

Il a dit qu'elles semblaient reliées comme des molécules – elles lui rappelaient le temps où le professeur de physique-chimie en dessinait au tableau noir, formées de plusieurs atomes. Mon ami en voyait de toutes sortes, des substances chimiques, des drogues, des antidépresseurs, un immense ciel-pharmacie, une carte étoilée de la biochimie et des possibilités d'ivresse humaine.

Nous progressions rapidement vers le nord, dans la direction opposée à celle que nous avions prise la veille au soir en suivant le pick-up.

Le ciel bariolé, chimique, et la route devant nous, éclairée par la lune et par notre unique phare. À travers les vitres, l'air encore tiède contenait, déjà perceptible, la froide promesse de la nuit.

Danilo a accéléré. Ce n'est qu'au dernier moment que nous avons aperçu le panneau au bord de la route. Nous avons freiné brusquement. Le crissement des pneus s'est perdu dans l'immensité du désert.

« C'est la plaie de conduire avec un seul phare, s'est lamenté Danilo.

— Pour commencer, tu pourrais rouler moins vite », j'ai rétorqué.

Le vieux panneau était presque illisible. Il invitait à tourner à droite et on pouvait y lire : OBSERVATOIRE ASTRONOMIQUE. Une piste se perdait dans la plaine aride, vers la forme du plateau qu'on entrevoyait tout au fond, révélée par l'éclat de la lune.

Oui, il semblait nous attendre. Un relief rocheux, un lambeau de plaine qui, pour quelque raison, s'était dressé vers le ciel à une ère lointaine.

Danilo a suivi la piste à toute vitesse. La voiture tressautait sur les irrégularités du terrain. Malgré les bavardages au sujet des constellations, je pouvais sentir l'agitation croissante de mon ami. Et son agacement lui aussi croissant. « C'est dingue, il a commenté. Tu as eu toute la journée pour faire réparer ce phare.

— Je te l'ai dit : je suis allé dans la chambre et je me suis endormi, j'ai répondu.

— Et avant ? il a insisté. Ce matin.

— C'est toi qui m'avais dit d'interroger Aylen pour qu'elle nous conseille un endroit où le faire réparer.

— Et quand tu as vu que ta belle n'arrivait pas, il ne t'est pas venu à l'esprit de bouger ton cul et de chercher toi-même un garage ? »

Le phare de la voiture lançait des éclairs de lumière en mouvement sur les rochers, les buissons et les bras épineux des cactus. Pourquoi continuais-je à imaginer que quelque chose ou quelqu'un allait soudain bondir de derrière l'un de ces cactus ? « Occupe-toi de conduire et lâche-moi la grappe. Toi et ta foutue dépression, j'ai répliqué, d'un ton plus âpre que je ne le voulais. Ce désert me donne le frisson.

— Et moi, tu crois que je ne suis pas en train de faire dans mon froc ? a répondu Danilo d'une voix féroce. Si tu avais fait réparer le phare, on serait peut-être plus tranquilles. »

Je me suis agrippé au tableau de bord. Toutes ces sensations. Le cauchemar de l'après-midi, le ciel infesté d'étoiles, les soubresauts de la piste. La panique dans nos voix et la vitesse du monospace. Nous avons de nouveau freiné, brusquement, soulevant un nuage de poussière tout autour : devant nous, une bifurcation.

Cette fois, il n'y avait pas de panneau, juste l'embranchement et la piste qui se dédoublait. Le plateau était proche, guère haut, dominé par une bande de nuages allongée. Lequel des deux sentiers y conduisait-il ?

« Cette bifurcation n'est pas sur la carte, s'est plaint Danilo.

— Si on avait attendu Aylen, elle saurait où aller, j'ai signalé avec regret.

— Écoute », il a fait. Et il s'est gratté le menton, l'air songeur. « Dis-moi de quel côté je dois prendre.

— Comment je le saurais ?

— De quel côté ? il a insisté.

— À gauche, j'ai risqué.

— Bien. » Mon camarade a changé de vitesse et pris à droite. Satisfait, il a siffloté tandis que je bouillonnais en silence sur mon siège.

Nous avons roulé pendant quelques minutes. « Ça fait des jours que je te supporte, j'ai éclaté. Je t'ai suivi jusqu'ici, je me demande ce que tu veux de plus. Bravo, comme tu es drôle : tu me demandes de quel côté tourner, je te réponds une chose et tu choisis l'autre. Un génie du comique. Un gars qui voit des tranquillisants dans le ciel.

— Dis donc, il a repris en manœuvrant pour éviter les nids-de-poule les plus profonds. Je suis curieux de savoir ce que tu y vois, toi, dans le ciel étoilé. Des triangles pubiens, je parie. Ou bien des milliers de nichons célestes, ha ha ha. » Il s'est remis à siffloter. « Qui sait ce que tu espérais faire avec la serveuse.

— Je n'espérais rien du tout.

— Tu penses si une fille comme elle n'est pas habituée

aux voyageurs de passage. Aux types qui débarquent et se mettent à flirter avec elle.

— Occupe-toi de conduire.

— Peut-être que tu voulais la baiser dans les chiottes.

— Danilo. » La colère commençait à me sécher la gorge.

« J'ai noté que les toilettes du Traveller's Lair étaient fort spacieuses, tu aurais dû en profiter. »

Nous étions au pied du plateau et la piste commençait à grimper. Nous sommes parvenus au premier virage : aucun doute, nous montions. C'était la bonne direction. Triomphant, Danilo a siffloté plus fort. « Tu sais ce que c'est, ton problème ? il s'est acharné. C'est que tu ne cesseras jamais d'être une petite salope. Tu serais capable de tromper n'importe qui. Ton pote qui te demande de l'aide, ta copine qui est malade et t'attend à la maison.

— Danilo. » J'ai secoué la tête. J'aurais voulu me mettre à hurler. C'était mon meilleur ami et il me disait des choses horribles. Des choses vraies. J'avais la gorge qui brûlait. Un autre virage.

La lumière du phare a décrit un arc, tandis que le moteur du monospace grognait sous l'effort. Danilo a poursuivi, il répétait que c'était ça, mon problème : je trompais les autres, je n'aimais personne, j'étais un être aride et sans amour. J'ai failli craquer. C'est alors qu'il y a eu un choc et que je me suis mis à crier. Nous avions heurté quelque chose. J'avais tout juste eu le temps de distinguer la silhouette d'un animal.

Nous nous sommes arrêtés dans la montée. Nous avions tous deux le souffle court. « Qu'est-ce que c'était ? a gémi Danilo. Un coyote ?

— On aurait dit un chien, j'ai répondu d'une voix rauque. On a percuté un chien. »

*

Nous sommes descendus de voiture en gardant le phare allumé. De fait, c'est la lune qui éclairait la scène, projetant nos ombres sur le sol rocheux.

Dans l'éclat argenté, le visage de Danilo était celui d'un fantôme et il avait les yeux écarquillés. « Il est où, bordel ? Où est-ce qu'il a atterri ? »

Nous avons cherché au bord du sentier et il était là, quelques mètres en contrebas.

C'était effectivement un chien, de taille moyenne à grande, peut-être un border collie. Impossible de comprendre s'il était encore vivant. Dans la lumière spectrale, j'ai aperçu le sillage de sang qu'il avait laissé derrière lui en tombant. « Merde, j'ai dit en me prenant la tête à deux mains. Oh non, dis-moi que ce n'est pas vrai.

— Qu'est-ce que ce chien foutait là ? » Danilo s'est lui aussi pris la tête à deux mains. « Qu'est-ce qu'on fait ? Qu'est-ce qu'on fait maintenant ? »

J'ai fermé les yeux et, quand je les ai rouverts, il y avait le même ciel lumineux, le même sentier. Ce n'était pas un cauchemar. Je sentais la brûlure dans la gorge s'étendre à ma poitrine, et mon thorax semblait sur le point de s'ouvrir en deux, telle une maison ravagée par un incendie. « On ne peut pas le laisser ici. »

Le chien était immobile, recroquevillé sur lui-même. Une tache de poils, de poussière et de sang sur le côté de la pente raide.

« Il faut descendre voir dans quel état il est, a répondu Danilo. J'y vais.

— Attends, j'ai entendu ma voix objecter. Ç'a l'air dangereux, tu pourrais glisser.

— Et donc, qu'est-ce que tu proposes de faire ? il m'a apostrophé. Si on n'avait pas un phare cassé, on l'aurait peut-être vu à temps. »

Je suis tombé à genoux. Je suis resté là à scruter l'obscurité en contrebas, et c'est alors que le chien a paru se reprendre, peut-être stimulé par mon regard. « Viens voir », j'ai dit, plein d'espoir.

Il bougeait. Il semblait sur le point de se redresser. Le gravier de la pente a cédé. Ça n'a duré qu'un court instant. Puis le chien a roulé quelques mètres plus bas et il a disparu dans le noir.

La descente se terminait par un précipice sombre, impossible d'en estimer la profondeur.

« Hé ho ! » a crié Danilo d'une voix rauque. Il est tombé à genoux près de moi. « Hé ho ! » il a répété, dans l'espoir qu'un aboiement lui répondrait.

Rien. Nous sommes restés à genoux au bord du sentier pendant quelques minutes.

J'entendais nos gorges, celle de mon ami et la mienne, déglutir dans le silence.

Enfin, sans dire un mot, nous nous sommes levés et nous avons regagné la voiture.

Nous n'avons rien dit pendant la fin de la montée. Nous avons pris une série de tournants, des virages très serrés qui me donnaient le frisson. Je me suis demandé si j'avais la fièvre. Je me suis enfoncé dans mon siège, nous étions presque au sommet. Il n'y avait rien à ajouter : des années d'amitié derrière nous, presque mille *miles* entre Big Sur et ce plateau, et je me sentais simplement vide. Sans un mot à prononcer.

J'ai revu le chien pelotonné sur lui-même, le museau entre les pattes, et j'ai de nouveau entendu Danilo crier en direction du fossé noir : une peur sinistre a résonné en moi comme dans une pièce nue. Enfin la voiture a atteint le sommet.

C'était une portion plate et rocheuse, juste un peu plus proche du ciel.

On avait l'impression d'être sur une immense plate-forme au milieu de laquelle se dressait une seule et unique construction, un bâtiment en ruine. Un dôme clair surmontait le bâtiment et lui donnait un air de mosquée abandonnée. Le vieil observatoire désaffecté.

Des voitures étaient garées dans la cour de l'observatoire ou dans ce qui en restait. On distinguait un peu plus loin un groupe de camping-cars, de tentes, de caravanes – un petit campement – dans l'intensité déconcertante de la lune. Nous avons garé le monospace près des autres véhicules.

Qui avait bien pu accomplir l'exploit de bâtir un observatoire dans un lieu pareil, c'était difficile à imaginer. La couleur vaguement acide et quelque chose dans la forme de l'édifice faisait penser aux années soixante-dix. Peut-être le caprice d'un milliardaire de l'époque.

Il n'était pas grand. Je me suis approché pour toucher un mur, qui conservait la chaleur du jour. « On a tué un chien », j'ai gémi à mi-voix, comme si je me confessais à l'esprit du bâtiment.

Danilo se dirigeait vers le campement. On apercevait

des feux allumés et des silhouettes, et on entendait un rythme de tambours.

Je commençais à comprendre la situation : une sorte de rassemblement ou, plutôt, de cérémonie. Des gens venus voir Anselmo au cours du week-end, d'autres qui vivaient peut-être ici, campant à l'ombre de l'observatoire.

J'ai laissé Danilo y aller. Je l'ai perdu de vue. La peur que je sentais en moi n'était plus une raison suffisante pour demeurer aux côtés de mon ami. Ce n'était pas le type de peur qui pousse à rechercher une illusion de réconfort en compagnie d'un autre être humain. C'était une crainte plus sournoise, une crainte destructrice – de celles qui invitent à rester seul.

*

J'ai laissé passer une dizaine de minutes et j'ai avancé avec précaution sur le sentier qui menait au campement. Le bruit de mes pas sur le sol dur. Je me voyais, un homme qui marchait dans l'obscurité lumineuse d'un sentier en direction du campement éclairé.

Le rythme des tambours se répandait dans l'air. Il y en avait environ une demi-douzaine autour du feu principal, leurs sons mêlés qui se rejoignaient et se dissociaient, s'éteignant et revenant telle une sorte de marée sonore. Ils m'ont rappelé les chants des moines, dans la chapelle en pierre de Big Sur, qui formaient eux aussi comme des vagues. Mais ce souvenir n'a pas suffi à me rassurer, je ne me sentais pas moins perdu pour autant.

Je suis resté loin du feu principal, auprès duquel devait

se trouver le guérisseur, supposais-je, et vers lequel Danilo s'était certainement dirigé.

J'ai marché en cercle, sentant dans mes membres des poussées d'adrénaline et d'effroi. Il y avait de plus petits feux. Des gens qui se baladaient et d'autres allongés sur des nattes ou des couvertures, qui parlaient à voix basse, buvaient, fumaient ou observaient le ciel. Une odeur d'encens et de résine brûlée. La puissante pulsation des tambours se glissait partout.

Certains m'ont salué, mais pour la plupart ils n'ont pas fait attention à moi. C'était une humanité disparate, un mélange de hippies, de jeunes gens barbus couchés sur leur sac à dos, de visiteurs à l'allure plus urbaine et même de familles. Ils semblaient presque tous bien équipés, ils étaient en tenue d'excursion, avaient des chaussures de trekking aux pieds et des vestes en polaire sur le dos.

Je me suis pelotonné dans mon sweat-shirt. J'avais envie de m'agripper à leurs vêtements et d'implorer une réponse. Qu'est-ce que je fichais dans cet endroit ? Pourquoi étais-je monté ici ? Quelqu'un devait bien le savoir.

Une aire de jeux rudimentaire avait été aménagée dans un coin du campement, deux balançoires faites avec des cordes et de vieux pneus. Deux enfants de sept ou huit ans y jouaient, en criant de joie avec un accent indéfini, le visage souillé par la poussière du désert. Le mouvement de leurs balançoires. La légèreté avec laquelle ils s'élevaient dans le ciel. Si seulement j'avais pu me joindre à eux. Redevenir comme eux. Quand aimer et être aimé était encore quelque chose d'instinctif, un acte aussi naturel que la respiration.

Je me suis demandé si le chien que nous avions écrasé appartenait à l'un d'eux.

Le son des tambours semblait pleuvoir du ciel. Mon ombre projetée par la lune sur le sol. Puis une autre ombre s'est glissée près de la mienne et j'ai senti qu'on effleurait mon épaule. « Tu as réussi, a dit Aylen. Tu as trouvé cet endroit. »

Je savais que je la reverrais. Elle était aussi séduisante qu'elle m'était apparue au Traveller's Lair, les pommettes parfaites, les cheveux couverts par la capuche d'un blouson en polaire.

J'aurais voulu lever un bras et caresser son visage, mais ça ne semblait pas avoir de sens. Je me sentais épuisé.

Nous avons continué à observer les enfants sur les balançoires. Puis nous avons marché vers le bord du plateau, laissant derrière nous le campement et ses feux.

« Tu nous as fourni la carte, j'ai commenté.

— Quelle carte ? » elle a demandé, en mettant les mains dans les poches de son blouson.

Elle n'avait glissé aucune feuille de papier sous la porte de notre chambre, m'a-t-elle assuré. Au contraire, elle m'a raconté qu'elle était curieuse de voir si nous y serions parvenus seuls. Inquiète, certes, après nous avoir vus quitter le bar de cette façon rocambolesque. C'était une sorte de petite épreuve à laquelle on soumettait les nombreux étrangers à la recherche d'Anselmo – pour sélectionner ceux qui étaient vraiment décidés à le trouver, ceux qui étaient aptes à arriver jusqu'à lui.

Il en était donc allé ainsi. Ce n'était pas elle qui nous avait procuré la carte. La nouvelle aurait dû me secouer, mais elle a fait un bruit sourd tout au fond de ma conscience.

Un sentiment de panique était toujours niché dans ma gorge, dans mon estomac. « C'est un endroit magnifique, mais il me fait peur », j'ai avoué.

Aylen a hoché la tête. Elle a souri d'une façon qui n'avait rien de moqueur. Ses yeux gris m'ont fixé, à la fois amusés et très sérieux, comme si d'un coup j'étais devenu plus vrai, un homme en chair et en os, là, en haut du plateau rocheux.

Je n'étais pas sûr d'offrir un beau spectacle. Je me frottais nerveusement les épaules et je me sentais vide, je me sentais saturé.

Toutes les sensations de l'univers fondaient à présent droit sur moi, en même temps que le souffle glacé qu'exhalait le désert.

Elle m'expliquait que le guérisseur et les gens du campement avaient remis en marche une vieille citerne dans le bâtiment de l'observatoire. C'est pour cette raison qu'ils s'étaient arrêtés là. Pour ça, pour rester hors de portée de la police et aussi pour profiter du double spectacle : celui du ciel et celui du désert.

Nous avons regardé tout en bas depuis le bord rocheux, la surface du désert qui reflétait la voûte bleuâtre. La plaine était une piscine infinie qu'un éclat fluide et spectral comblait. Plus loin, quelque part, il y avait le cadavre d'un chien, et toute la beauté du panorama ne suffisait pas à masquer la douleur intime du monde. Elle ne suffisait pas. J'ai gémi.

Aylen s'est tournée, elle a paru m'examiner un dernier instant. Puis elle a sorti une main de sa poche et l'a tendue vers moi : dans sa paume, il y avait une petite boule de matière spongieuse et noire.

« Oh non, j'ai dit en secouant la tête. Ça, c'est pour Danilo, pas pour moi.

— Il y a deux ans, alors que ma vie était un vrai chaos, je suis venue dans le désert », elle a rétorqué sèchement. De l'autre main, elle a glissé une mèche de cheveux derrière son oreille, laissant son visage découvert. « Et ça, comme tu dis, ça m'a aidée à y voir plus clair. »

La tranquillité de sa voix. Le souffle froid, presque solide, du désert m'a comme enveloppé de son manteau.

« Dis donc, j'ai fait d'une toute petite voix. J'ai vraiment l'impression d'être en plein délire hippie.

— Ne plaisante pas. C'est une chose bien plus ancienne que les hippies. »

Tout en me massant la tempe, j'ai observé l'espace grandiose au-dessous de nous. Je sentais que je devais m'en aller. Faire demi-tour. Retourner au monospace et m'enfermer à l'intérieur, ou bien descendre du plateau et refaire le voyage en sens inverse.

Le voyage du retour. Tout le voyage. Redevenir enfant, puis redevenir fœtus et enfin n'avoir jamais existé.

J'ai pris la boule de peyotl déshydraté et je l'ai serrée entre mes doigts : elle avait quelque chose de vivant, de charnel. « Vraiment, ça t'a aidée ? » j'ai demandé en examinant le petit morceau de cactus, et je l'ai mis dans ma bouche. Un instant avant de l'avaler, j'ai songé que c'était une erreur fatale, mais je ne me suis pas interrompu. Je n'avais plus rien à perdre.

*

Quand j'ai senti un premier haut-le-cœur, j'ai cru que j'allais vomir le hamburger du départ. Celui de la Fée Bleue.

Respire, respire à fond, je me suis exhorté. J'avais soif d'air. Environ vingt minutes s'étaient écoulées depuis que j'avais avalé le morceau de cactus. Le ciel éclatant semblait pulser sur nos têtes telle la paroi d'un immense organe.

Puis mon corps aussi s'est mis à pulser comme un émetteur radio. Respire. Cœur, gorge et constellations battaient à l'unisson, tout l'Univers pulsait en même temps, transmettant des messages d'amour et de désespoir. Respire, je me répétais, et je me suis demandé combien de temps s'était écoulé depuis ma dernière respiration, réalisant que j'étais pris dans une boucle de pensées paranoïaques, sans doute en pleine crise de panique.

« Reste calme, m'a encouragé la voix d'Aylen à des années-lumière de moi. Laisse-toi aller.

— Merde », j'ai dit en titubant. Les contractions de mon estomac m'ont jeté à quatre pattes. J'ai encore vomi.

Le sol était spongieux sous mes mains, il pulsait avec le reste, avec les tambours, avec mes tempes humides et avec la nausée.

Je trempais dans un bain de sueur glacée. « Merde ! » je me suis entendu répéter au loin, et je n'arrivais pas à croire que ce pût être ma voix.

« Laisse-toi aller. » Aylen s'est accroupie près de moi et m'a passé un mouchoir sur le front. « Laisse-toi aller, ne résiste pas. Moi aussi, j'ai vécu ça.

— Comment ce truc peut-il t'aider ? » je me suis entendu dire, ou peut-être l'ai-je seulement pensé.

C'était impossible de se sentir aussi mal. Pourquoi avais-je fait une chose pareille ? Parce que tu n'as plus rien à perdre. Parce que ta vie est un tourbillon vide et que tout ce que tu possèdes, c'est le souvenir d'une femme qui a guéri juste après t'avoir quitté. Je me suis contorsionné dans la poussière. Accès de nausée, bouffées de chaud et de froid, insupportable tension nerveuse. Et des vomissements, encore des vomissements.

Je me suis traîné sur les mains et sur les genoux. Je ne savais plus si Aylen était encore là. Je riais. Comme j'étais stupide, comme j'étais stupide. En proie à d'effroyables frissons, peut-être même à des convulsions.

La tension qui parcourait mes nerfs était une force électrique que je ne pouvais plus contenir. Mon corps sur le point de s'abattre. Il se transformait… Le monde entier était sur le point de s'abattre comme une vague, révélant de quoi il était fait. J'ai hurlé, j'avais trop mal.

Il y a eu un vide. Je me suis retrouvé en train d'avancer à quatre pattes, les pierres me blessaient les paumes et je pleurais à chaudes larmes. Mes larmes désaltéreraient la terre.

Depuis toujours, j'avais désiré par-dessus tout ne jamais être seul. Sentir que ma vie n'appartenait pas qu'à moi. Comment étais-je tombé si bas, rampant sur le sol sans personne auprès de moi ? Je ne veux pas être seul. Pas moi, ça ne peut pas m'arriver à moi. Épuisé, je me suis effondré dans la poussière du plateau.

J'ai entendu qu'on m'appelait. J'ai levé la tête, quelqu'un titubait vers moi, soulevant des nuages de poussière sous ses pas. Il s'est effondré sur moi. C'était Danilo.

C'était lui, mon vieil ami. Nous nous sommes regardés dans les yeux et nous nous sommes reconnus, pas besoin de parler pour comprendre qu'il avait pris du peyotl lui aussi et qu'il savait, comme moi. Il pleurait. Nous avons pleuré ensemble.

J'ai senti ses bras humides et son cœur qui battait contre le mien. C'était un voyage que nous partagions depuis le début, deux hommes dont ni l'un ni l'autre n'arrivaient à se pardonner.

La douleur nous transperçait tous les deux. D'une certaine façon j'étais résigné, je savais depuis toujours ce qui allait se passer : mes bras, mes jambes, mon ventre étaient comme en train de se cristalliser – ils devenaient glace, quartz, minéral. Je sentais qu'il se produisait la même chose dans le corps de mon ami. Nous nous changions en matière inanimée. On est en train de crever, j'ai réalisé.

Il y a eu un autre vide. Des minutes ou peut-être des heures après, le patient rappel des tambours nous a fait rouvrir les yeux. Le plateau, la nuit étoilée et les feux de camp étaient toujours là. À présent un groupe de personnes venait vers nous.

J'ai reconnu Aylen. Je me suis levé, hésitant sur mes jambes, et j'ai aidé Danilo à faire de même.

Il m'a semblé reconnaître une silhouette près d'Aylen, un homme au pas sportif et au visage bronzé.

Bouleversé, j'ai écarquillé les yeux. Ce n'était pas une vision. Une bouffée d'oxygène m'a rafraîchi le visage, une stupeur inédite m'a saisi et douché à la façon d'un puissant jet d'eau. Oui, le petit groupe marchait rapidement vers nous : il y avait Aylen, des types du campement et, au centre, il y avait Martin, le moine surfeur, qui avançait en tenant dans ses bras une créature – un chien blessé et couvert de sang.

*

Plus tard, je reconstituerais le fil des événements. J'apprendrais que Martin avait décidé de nous suivre dans le désert, pour méditer sur sa vie avec Paul et sur la tentation de retourner au monastère. Qu'il était parti de Santa Monica et arrivé à Elfrida avant nous. Il s'était renseigné et avait trouvé le plateau, il était venu dans l'après-midi frapper à la porte de notre chambre et, comme je dormais et que je n'avais pas ouvert, il avait glissé la carte sous la porte.

Je découvrirais comment ce soir-là, en nous cherchant sur le plateau, il avait aperçu le border collie blessé qui tentait de remonter la pente. Le chien moribond essayait de rejoindre les lumières du campement. Martin avait pu s'approcher et le prendre dans ses bras, aidé par d'autres et par Aylen, qui avait assisté à la scène de loin.

Il avait porté le chien et à présent il courait vers la seule personne en mesure de le sauver. L'homme pour qui nous étions tous là. Le guérisseur.

Plus tard, je reconstituerais ce qui s'était passé, mais tandis que j'allais à la rencontre de Martin, la stupeur provoquée par son apparition s'abattait encore sur moi telle la mousson. Le souffle court, j'ai toussé. J'ai essayé de lui dire quelque chose et de lui demander pardon pour avoir été jaloux de sa vie, de son amour, de son Dieu et de son amant qui priait à l'aube au pied de son lit. Il a souri et son regard m'a accueilli dans la nuit fluide, puis il a désigné le chien qu'il tenait dans ses bras et il a hâté le pas.

La gorge serrée, Danilo et moi nous sommes joints au groupe. Nous entrions dans un royaume où les mots ne pouvaient pas nous suivre. Nous y entrions tous. Un groupe de gens sous peyotl qui couraient en procession.

La lune et les planètes étincelaient comme dans un tableau de Van Gogh, et le dôme de l'observatoire se détachait dans le ciel, semblable à une tête de dragon à l'affût. Quand nous sommes arrivés près du feu, les tambours se sont interrompus. Puis ils ont repris de plus belle, avec plus d'urgence.

Les traits tirés, Martin a déposé l'animal avec délicatesse. J'ai compris qu'il pensait à Otto, son chien resté à la maison, et à sa vie à Santa Monica. Le chien respirait à grand-peine.

Nous avons formé un cercle autour de lui. Dorées et presque immobiles, les flammes se dressaient vers le ciel glacé. Anselmo s'est agenouillé près du chien. Je ne savais même pas quand il était entré dans mon champ de vision – c'était comme s'il avait été là depuis toujours.

Le guérisseur portait une veste et un pantalon en velours, un bonnet en laine sur ses cheveux longs jusqu'aux épaules. Ses pieds étaient nus, couverts par la poussière marron du plateau. Il avait pour tout accessoire un collier de plumes autour du cou.

Il a examiné le chien, son visage aux traits rugueux creusé par la lumière du feu. Il a passé une main à un centimètre du poil, sur le flanc de l'animal, qui a émis un jappement.

Puis il a saisi un petit tambour en cuir, il s'est mis à en jouer et à psalmodier une gamme de syllabes gutturales. Les autres l'ont imité, une symphonie de battements entremêlés qui remplissaient la nuit du désert.

Le chien a craché du sang. Le rythme a augmenté. Le guérisseur est passé plusieurs fois avec son tambour au-dessus du corps de l'animal, cherchant l'endroit exact de la blessure interne. Le feu paraissait congelé. Nos bras tremblaient. Les battements et les voix ont atteint leur paroxysme, puis ils se sont arrêtés net et il y a eu un abîme de silence, soudain et suspendu, durant lequel le cosmos a paru en équilibre. Renaître, ou mourir pour toujours.

Le chien s'est secoué, il a de nouveau craché du sang et s'est remis à respirer. Sa queue a ébauché un mouvement.

Nous aussi, nous nous sommes remis à respirer – Danilo, moi et les autres, et même le feu a recommencé à s'agiter dans le souffle de la brise, envoyant des étincelles sur mes chaussures. Le chien était sauvé. Il s'est soulevé sur ses pattes, peinant à rester debout, et il nous a regardés d'un air étonné.

Je me rappelle qu'il avait les yeux bleus. Je me rappelle qu'il nous a observés, Danilo et moi, comme s'il savait que nous l'avions heurté, pourtant il avait une lueur de pardon dans le regard. Ou peut-être me la suis-je imaginée. Je ne me rappelle pas précisément chaque détail de cette nuit, peut-être ma mémoire me joue-t-elle des tours. Bien sûr, je sais qu'il serait facile d'ironiser et de remarquer que j'avais avalé une plante contenant de la mescaline.

*

Mystère d'atomes en transformation, complice du firmament tout là-haut, le feu veillait sur nous.

La nuit n'était pas terminée. Après s'être occupé du chien, Anselmo a posé les yeux sur nous, la tête penchée, un faisceau de rides arquées sur le front.

On est trop cabossés, j'ai songé, même pour lui. Deux Italiens aux yeux exorbités en compagnie d'un moine défroqué et barbu portant un tee-shirt souillé de sang canin.

J'ai senti sur mon visage son regard si dense qu'il semblait solide, je l'ai senti fouiller en moi comme dans un tiroir. Il nous a fait étendre sur les nattes près du feu et s'est mis à chanter pour nous.

Je ne saurais dire combien de temps ç'a duré. Allongés sur le dos, nous nous tenions par la main, Martin, Danilo, Aylen et moi.

J'ai remarqué que le guérisseur s'attardait sur Danilo. Sa voix devenait plus tendue. La maladie de mon ami était coriace, pourtant j'étais sûr que le guérisseur la vaincrait. J'avais été stupide de ne pas y croire plus tôt.

Le ciel brillait d'un improbable éclat électrique, la multitude lumineuse qui brûlait de se montrer une dernière fois.

J'ai fermé les yeux et je me suis laissé aller. Le chant d'Anselmo circulait sous ma peau, il tissait ensemble mes expériences et leur donnait une signification. Kareen, les autres femmes, le monastère, mon frère, chaque image des derniers jours, les bras romantiques de Joshua trees, les animaux croisés le long de la route. Puis tout s'est dénoué, mon corps s'est dissous. Je me suis changé en flux de joie, ni plus ni moins.

La dernière sensation dont je me souviens, c'est d'avoir été plongé dans un courant de lumière et de chaleur.

C'était simple, vraiment simple. Jamais je ne saurais ce qu'était ce courant – un phénomène physiologique, un produit de mes neurones, une quelconque force énergétique ou bien métaphysique. Le flux du Dieu du monastère ou du Bouddha de Paul, ou encore d'un esprit du désert. Ça m'était égal. L'amour n'était pas une invention des êtres humains.

Ça ne dépendait pas de moi. C'était un flux naturel, originel, qui circulait depuis longtemps et pour toujours. Malgré tout, malgré moi.

Comment se pouvait-il que je ne l'eusse pas compris plus tôt ? C'était si simple que ça paraissait presque comique. L'amour existait, il n'avait jamais cessé d'exister, il circulait en nous et sous la réalité, même la plus corrompue. J'avais perdu beaucoup de temps à m'en croire privé. Beaucoup de temps passé à me juger coupable, empli de ressentiment, à me sentir vidé, desséché. J'étais presque mort de soif et j'avais toujours été à un mètre du fleuve. Ha ha ha, aurait fait Danilo.

*

Un jour, quelque temps plus tard et à tête reposée, je repenserais aux révélations qu'avait apportées cette nuit sur le plateau. Les trouverais-je trop vagues, trop banales ? La plupart des illuminations, des épiphanies et des intuitions existentielles qui scandent la vie d'un homme brillent l'espace d'un instant, puis elles deviennent opaques jusqu'à disparaître.

Et pourtant, ce qui parfois les rend précieuses, c'est qu'il ne s'agit pas de purs concepts. Ce ne sont pas que des mots.

Dans une thérapie, dans un processus de guérison, les mots ne suffisent pas. Si quelqu'un m'avait dit qu'il y avait encore un choix pour moi quelque part – je l'avais peut-être perdu de vue, mais il y avait là un fleuve qui s'écoulait, magnifique et libre, voire un peu moqueur, et j'avais oublié que je pouvais le trouver, puis tenter de m'unir à lui –, si quelqu'un m'avait dit une chose pareille, j'aurais esquissé un sourire de suffisance. J'aurais pris ça pour du bavardage extrait d'un manuel de self-help.

Mais les sensations que j'avais éprouvées au cours de la cérémonie, près du feu et à l'ombre du dôme de l'observatoire abandonné, étaient physiques. C'étaient des expériences authentiques.

J'avais toujours pensé que les trips qu'on faisait en prenant certaines plantes avaient lieu dans la tête, mais il s'agissait d'un niveau d'expérience bien plus élevé. J'avais senti. J'avais cru.

À l'est, le sable commençait à dégager un éclat magnétique. La lumière des feux s'estompait peu à peu.

Le paysage révélait de nouveau toute une gamme de couleurs éthérées. Les formes des choses se sont illuminées l'une après l'autre, comme si une main invisible les touchait et les ramenait à la vie : les balançoires faites de cordes et de pneus – les enfants qui étaient allés se coucher depuis longtemps. La courte rangée de caravanes, les tentes plantées dans le sol sablonneux et, tout au fond, le relief des Chiricahua Mountains.

Les yeux fermés et le visage apaisé, mes amis se reposaient sur les nattes.

Danilo s'est secoué et nos regards se sont croisés. J'aurais pu compter une à une les paillettes dans ses iris. Ses yeux étaient des incendies verts et conscients dans le reflet de l'aube. Je me suis penché vers lui : « Merci de m'avoir amené ici.

— Ç'a été un voyage intense, il a soufflé.

— Oui, intense. » Puis, à voix basse, presque inaudible, j'ai murmuré : « Promets-moi que tu iras bien. »

Il a acquiescé et souri. Puis il a reposé la tête sur la natte. J'aurais voulu prendre une photo de son visage sous la couleur de ce ciel, j'aurais voulu capturer la lumière de son regard.

Il a refermé les yeux et paru sombrer dans un silence d'enfant.

Je me suis levé. Le feu presque éteint dégageait une haute colonne de fumée. Assis sur un rocher, Anselmo chantait d'un ton plus bas, comme pour lui seul. Le guérisseur était lui aussi épuisé. Parfois il lançait de brefs sifflements affectueux, peut-être pour appeler ceux qui étaient encore perdus, qui sait, dans quelque univers lointain.

Merci, j'ai murmuré en direction du guérisseur. Merci, j'ai continué à réciter tout en marchant entre les nattes, parmi les gens qui se reposaient et les feux éteints.

Deux filles dansaient lentement, leurs cheveux blonds

illuminés dans l'aube. C'était à mi-chemin entre la danse et la méditation.

J'ai failli me joindre à elles. Puis j'ai changé d'avis et je me suis dirigé vers le bord du plateau.

Ici. C'était ici qu'Aylen avait sorti la main de sa poche et m'avait raconté qu'elle aussi était venue dans le désert, perdue et sans boussole, quelque temps auparavant. C'était une poignée d'heures plus tôt. Pourtant, on aurait dit qu'un siècle s'était écoulé.

Je ne distinguais pas l'horizon, ni au nord ni au sud, seulement un nuage de lumière triomphante.

Devant moi, la ligne des montagnes, derrière laquelle le soleil se levait.

J'ai senti la chaleur sur mon visage. Elle s'est mêlée à celle d'une certitude définitive : ma vie ne serait plus la même. Elle allait changer.

J'ai ressenti de la gratitude pour le désert, pour sa nature impitoyable et sincère, pour l'espace à l'intérieur duquel la conscience pouvait se déployer – où elle pouvait se tourner et observer ce qui l'entourait.

J'ai murmuré mon nom. J'ai murmuré le nom des personnes que j'aimais. Deux créatures voltigeaient au-dessus du bord du plateau, en volant elles semblaient se nourrir des noms que je murmurais. Désormais je reconnaissais leurs grandes ailes et leur vol majestueux. Bien sûr, c'étaient eux. J'ai cherché le message que les deux condors étaient venus m'apporter, mais j'étais trop épuisé et j'avais de plus en plus de mal à voir.

Les condors suivaient leur route, brodant dans l'air des signes enchevêtrés. Ils sont montés droit dans le ciel. Illuminés par le soleil, ils sont devenus des flèches d'or.

ÉPILOGUE

Une lettre

Une année tout juste s'est écoulée et j'ai éprouvé le besoin de rédiger cette lettre.

Une lettre, oui, comme au bon vieux temps. Avant le courrier électronique, lorsque nous étions enfants, à l'époque où on achetait encore des CD et même des cassettes, où on faisait des photos avec une pellicule. On en a vu des choses changer, toi et moi.

Oui, un an tout juste depuis notre expédition dans le désert et je t'écris une lettre, que je ne saurais pourtant pas à qui envoyer. Et que tu ne pourras jamais lire.

Je revois tes cheveux illuminés par le soleil tandis que tu danses en compagnie de mon frère devant le bureau du loueur de voitures, au son de l'autoradio du véhicule que nous venons de choisir. Tu ris. Tu m'entraînes dans le désert. Je t'entends faire des blagues alors que tu trempes dans un bassin d'eau chaude, la tête perlée de gouttes de vapeur, dans la nuit pure de l'Arizona.

Je bats le rappel des souvenirs. Je vérifie qu'ils sont encore là, tels les vers d'un poème que je veux retenir par cœur.

Nous roulons sur une autoroute qui longe le Pacifique et je t'entends crier d'enthousiasme en appuyant sur l'accélérateur. Je vois ton visage dans le halo de la nuit, alors que nous traversons en voiture l'étendue électrique de Los Angeles ou que nous nous arrêtons sous la lune, au bord d'un fossé qui borde la montée vers le plateau – ton visage est blanc, on dirait celui d'un fantôme, il semble presque briller.

Et puis ce qui s'est passé après la cérémonie sur le plateau. Les quatre jours que nous sommes restés là-haut, faisant connaissance avec Anselmo et les gens du campement, et veillant sur la convalescence du border collie aux yeux bleus.

Nous n'avons jamais su à qui il appartenait. Sans doute quelqu'un l'avait-il abandonné dans le désert.

Pour finir, Martin l'a emmené, il l'a mis dans sa voiture et l'a ramené à Santa Monica. « Ça fera un petit frère pour Otto », a-t-il commenté joyeusement. Notre ami barbu retournait à sa planche de surf, il retournait vers l'homme de sa vie – il avait pris l'apparition du chien comme un signe, une invitation à croire une fois pour toutes dans sa relation avec Paul.

Quant à toi, tu devais regagner la côte, rendre la voiture et prendre un vol pour l'Italie. Je me rappelle que tu avais un coup de soleil sur la nuque et le nez. « C'est mieux que de se brûler l'engin », tu t'es moqué de moi au moment de se saluer.

Tu m'as souhaité bonne chance. Je me souviens de notre accolade. Qui aurait imaginé qu'on se serait séparés à Elfrida, un village de cinq cents âmes en plein désert.

Aylen et moi nous tenions par la main en te regardant partir. Nous sommes restés là, agitant l'autre main, jusqu'au moment où la voiture a disparu dans un nuage de poussière. Le monospace était dans un sale état, mais tu n'avais pas voulu que je te donne de l'argent et je me suis dit que tu n'étais peut-être pas complètement à sec – tu devais avoir quelques économies, des ressources dans lesquelles puiser les prochains mois.

Je persistais à ne pas vraiment comprendre. Même après tant d'illuminations, après des expériences si intenses.

J'ai mis du temps à saisir la véritable nature de notre virée. Merde, c'était pourtant évident depuis le début. Je n'avais jamais été un simple accompagnateur de ton voyage. D'emblée, il s'était agi d'un parcours de guérison pour moi aussi, pas juste pour toi. Peut-être surtout pour moi.

Récemment, Rudi m'a confirmé ce qui s'était passé. C'était lui, mon frère, qui t'avait écrit pour te parler du chaman dans le désert. Qui t'avait suggéré de venir en Californie et qui t'avait fait comprendre que ça pouvait être un voyage intéressant pour moi, mais aussi pour toi. Vous étiez tous deux inquiets de me voir croupir au monastère. Je renonçais à me remettre en piste, je croyais que ma vie était à peu près finie. J'avais besoin que quelqu'un vienne me secouer.

Et tu es venu, tu m'as entraîné dans le désert. Ç'a marché. La virée a marché, du moins pour moi.

*

Aylen vivait dans une petite maison carrée située à un kilomètre du Traveller's Lair – un nid frais de pierre et de bois qu'elle avait trouvé deux ans plus tôt, quand elle était arrivée dans le coin.

Souvent, je me perds dans ses yeux gris. Je trouve tout ça incroyable, qu'elle ait fait un voyage semblable au mien, qu'elle ait atterri ici et qu'elle m'ait attendu, d'une certaine façon.

Elle rit en se rappelant mon air hébété, le jour où j'ai débarqué au snack-bar. *Que fait donc une étoile de mer au milieu du désert ?* Et puis la grimace bouleversée que j'affichais, le lendemain soir. Aylen dit qu'elle a commencé à tomber amoureuse de moi lorsque nous nous sommes retrouvés à la lisière du plateau, que nous avons observé la spectaculaire étendue du désert éclairée par la lune comme en plein jour, et que je n'ai pas fait ce que tous les autres auraient fait, je n'ai pas sorti mon téléphone de ma poche pour prendre une photo.

Parfois, dans un monde étouffé par les lieux communs, c'est un geste qu'on n'a pas fait qui marque les esprits. Une phrase non dite.

À vrai dire, je ne l'avais même pas sur moi, mon téléphone, dans ces jours-là.

Nous y sommes retournés plusieurs fois, sur le plateau, pour participer à d'autres cérémonies avec Anselmo. Le vieux guérisseur me demandait chaque fois de tes nouvelles, tu sais. Il me demandait si je t'avais parlé, si je savais comment tu allais. Et je ne comprenais pas, je persistais à ne pas comprendre.

Puis Anselmo et sa suite ont démonté les tentes, ils ont

démarré les camping-cars et quitté le plateau. Je crois qu'ils allaient vers le Nouveau-Mexique.

Depuis qu'ils sont partis, Aylen et moi avons assisté à une cérémonie en compagnie d'un groupe de l'Église des Native Americans, à environ soixante-dix *miles* d'ici. Nous sommes retournés sur le plateau deux autres fois et, seuls, nous avons avalé un morceau de cactus. Pas beaucoup, juste assez pour que les étoiles se rapprochent délicatement et nous bénissent de leur éclat, qu'elles nous murmurent leur joie dramatique.

En ce moment, Aylen ne peut plus prendre de peyotl. Moi, j'ai toujours envie de remonter là-haut et, un de ces jours, j'irai saluer le dôme de l'observatoire.

Quelqu'un dans le village m'a expliqué que la sécheresse du désert protégerait le bâtiment pendant des siècles, voire des millénaires. Un jour – qui sait –, son dôme sera découvert par des archéologues ou par quelque civilisation extraterrestre, un vestige de la façon dont l'humanité solitaire interrogeait l'infini des cieux nocturnes.

Tandis que je circule dans les rues avec ma camionnette, je me demande ce que le désert conservera. Les ordures des décharges sauvages et la beauté irréelle des gorges rocheuses. J'aimerais que l'empreinte de ton passage persiste quelque part, un fossile émotionnel de ce que tu as ressenti quand tu étais ici.

Le désert, j'apprends à le connaître. Ses contrastes vertigineux et les coins les plus perdus. Depuis que j'entretiens des jardins, on fait appel à moi dans un rayon de plusieurs centaines de *miles*.

*

Dans le désert, il n'y a pas beaucoup de gens qui peuvent se permettre d'avoir un jardinier, et pourtant j'ai des clients en nombre non négligeable. L'autre jour, j'ai taillé des rosiers. Les roses poussent même dans le désert, si on a les moyens de les arroser. Et qu'aucun chevreuil ne vient les manger.

Deux ranchs me confient l'entretien de leurs plates-bandes. Certains couples de L.A. ou de Phoenix viennent se réfugier ici pour les vacances, parmi les bosquets de palmiers. Et d'autres personnes vivent seules, de véritables ermites du désert, dans des maisons en terre battue et en fibre de carbone, dessinées par des architectes visionnaires. Un groupe d'artistes a occupé un village fantôme – pas un village d'il y a un siècle, mais un projet immobilier vieux de cinq ans et resté vide à la suite de l'effondrement du marché. Ils m'ont demandé de les aider à faire pousser des oliviers.

Je voyage d'un point à l'autre. J'ai mes outils, la fourgonnette Ford d'occasion dénichée sur Craigslist.

Il m'arrive de me ranger sur le bas-côté et d'observer le paysage.

Je m'imagine que le sable est une couche de glace et je me déplace comme si je patinais, comme si tu étais là pour me montrer ce que je dois faire. Personne ne me voit, il n'y a que le ciel et moi.

Mais j'ai beau scruter l'horizon enfiévré, jamais je n'ai revu les deux majestueux rapaces. Le couple de condors.

Je sais : il est fort peu probable que ceux que j'ai vus

à plusieurs reprises l'année dernière aient été toujours les mêmes.

Ce serait invraisemblable, presque surnaturel, que deux condors nous aient suivis pendant des jours, de la côte californienne jusque dans les profondeurs de l'Arizona. De tous les souvenirs de mon voyage avec toi, c'est le plus controversé.

Un soir, j'en ai parlé avec Aylen. Je lui ai rapporté les interprétations symboliques que Brother Lucius m'avait révélées à l'époque – les condors en tant que grands destructeurs. Ou grands créateurs.

Nous étions couchés, juste avant de dormir, les pommettes d'Aylen sculptées par la lumière de la lampe de chevet. « Il y a une autre interprétation, elle a signalé. D'après la tribu d'où provenait mon père, les condors accompagnent l'âme des morts. Ce sont des animaux psychopompes. »

Bien sûr. À la réflexion, ça aussi paraissait évident. L'âme des morts.

Je n'aurai jamais de réponse définitive au sujet de ces deux rapaces. Si je les ai réellement vus et si c'étaient toujours les mêmes.

Ils semblaient nous suivre, comme s'ils savaient que l'un de nous deux mourrait bientôt.

*

C'est Rudi qui a téléphoné, une fin de matinée. Je venais de rentrer du travail, j'étais allé du côté de Moon Canyon, et je buvais une tasse de thé dans la cuisine. La saveur de ce thé restera à jamais sur ma langue. Le bord de la tasse contre mes lèvres, dans la lumière blanche de la fenêtre.

Le temps s'est mis à ralentir dès la première sonnerie du téléphone. J'ai pris le combiné et il y a eu un instant de silence irréel. Mon frère qui respirait à l'autre bout du fil. « C'est moi, il a dit. On vient de m'appeler d'Italie. Pour m'annoncer une terrible nouvelle. »

Avant même de comprendre le sens de ses paroles, j'ai perçu le ton de sa voix. J'ai serré la tasse entre mes mains et un frisson a secoué tout mon corps, j'ai eu la chair de poule. Je l'ai invité à continuer. « Dis-moi. »

Je pense que la conversation a duré une dizaine de minutes. Rudi a pleuré une ou deux fois. Je me suis effondré sur une chaise et je ne parlais pratiquement que par monosyllabes – « où ? », « quand ? ». Peu après, Aylen est rentrée et m'a trouvé dans la même position, à la cuisine, serrant ma tasse de thé à moitié pleine. Elle s'est assise en face de moi et m'a demandé ce qui s'était passé.

C'est le propriétaire de ton appartement qui t'a trouvé. Il essayait de te joindre depuis un certain temps, car tu ne payais plus ton loyer, et il est donc entré chez toi. Tu gisais dans la salle de bains, à vue de nez depuis au moins deux jours. Nu sur le sol d'une salle de bains, comme ton comique préféré, Lenny Bruce.

Ç'a été une mort propre, à sa façon. Pas une seule goutte de sang.

La cause n'était pas encore officielle, mais en voyant la scène on comprenait aisément. Ta trousse à pharmacie était posée sur une étagère. À côté, il semble que tu aies laissé un billet, plié en deux. Mais Rudi ne savait pas ce qui y était écrit.

J'ai répété à Aylen ce que j'avais appris de Rudi. J'écoutais ma propre voix en songeant : non, je ne suis pas en train de dire ces choses. Ce n'est pas en train d'arriver. C'est encore un malentendu, un énième faux pli sur le tissu de la réalité.

Ma voix avait un son étrange, complètement hors sujet. J'ai rapporté à Aylen la teneur de mes dernières conversations avec toi.

La clé de cette atrocité était peut-être là, quelque part dans les ultimes fois où nous nous étions parlé. Non que nous nous soyons parlé souvent depuis que tu étais reparti en Italie. Ma maudite tendance à négliger le courrier électronique. À ne pas me connecter à Skype.

Dans les quelques messages que nous avions échangés, tu commençais toujours en plaisantant : « À mon cher immigré clandestin. »

La veille de Noël, tu m'avais téléphoné et tu m'avais dit que tu n'espérais plus retrouver ta place dans ce café-théâtre. Quelque chose de mieux se profilait à l'horizon. Avec un peu de chance, un investisseur te financerait afin que tu ouvres un endroit à toi. Une petite salle, mais avec du caractère, ça oui. Tu engagerais Cinzia et d'autres artistes que tu appréciais. Il y avait beaucoup de comiques talentueux et sans travail qui méritaient de trouver leur place, tu avais souligné.

J'étais heureux d'entendre que tu avais des idées, même si nous savions tous les deux que c'étaient des rêves trop vagues, des projets sans fondement.

J'ai continué à me remémorer. J'étais terrifié en pensant au moment où le silence se ferait. Jusqu'à ce qu'Aylen me demande, alarmée : « Qu'est-ce que tu fabriques ? »

J'étais devant mon ordinateur et je consultais les sites de compagnies aériennes. « Je dois trouver un vol, j'ai répondu en sanglotant. Je ne peux pas manquer les funérailles de mon meilleur ami. »

Elle n'a rien dit. Nous savions tous les deux ce que cela signifiait.

Mon visa était expiré depuis longtemps. J'étais un clandestin. Si je quittais le pays, on me découvrirait et je serais déclaré indésirable. Je ne pourrais plus revenir avant une bonne dizaine d'années. Je me retrouverais coincé en Italie, sans travail, sans Aylen, sans rien.

Amer et dense, le silence s'est fait, il m'a rempli la bouche comme de la mousse.

J'ai pleuré. Je me suis remis à chercher un vol, puis la sonnerie du téléphone a recommencé à sonner.

C'était Cinzia. À cette heure, il devait déjà faire nuit en Italie. Elle m'a parlé du billet posé sur l'étagère de la salle de bains. Elle m'a dit qu'il était pour moi, croyait-elle. Il était forcément pour moi. Il disait juste : « Ne viens pas. Je t'embrasse. »

*

Je ne cesse de penser à ces quelques mots. J'y pense en m'occupant des bulbes que je conserve dans la cabane à outils, derrière la maison. Pendant que je transvase les semis dans de petits sacs de jute et que je note leur nom à la main sur des étiquettes.

Aller te saluer une dernière fois aurait été une expérience déchirante. Ne pas y aller l'a été encore plus.

Rudi a pris l'avion et il y est allé, lui. Puis il m'a raconté que tout le monde était présent à tes funérailles.

Cinzia, tes parents, les nôtres. Les gens du café-théâtre, des personnages de la télévision qui te connaissaient. Certains de tes spectateurs. Quelques-uns portaient des tee-shirts à l'effigie de vieux films d'horreur, Rudi n'a pas compris pourquoi.

Il y avait les amis historiques. Il y avait Kareen et son mari.

Durant la cérémonie, on a joué *With or Without You*, j'ignore qui avait choisi ce morceau.

Tandis que le cercueil allait vers l'incinération, les applaudissements se sont levés. Ils ont duré plusieurs minutes. C'était pour toi. C'étaient tes derniers applaudissements.

Le père de Kareen aussi était là. Rudi l'a entendu parler avec quelqu'un : « En tant que médecin, j'avoue être étonné que ça ne soit pas arrivé plus tôt. Avec les mélanges que ce garçon ingurgitait », disait-il plus ou moins.

Certes. Cela faisait si longtemps que tu mélangeais les médicaments, l'alcool et le reste.

Évidemment, c'était dangereux. Aurais-je dû insister pour que tu laisses tout tomber ? Tu étais Danilo, l'inoxydable Danilo, tu semblais toujours savoir quand t'arrêter.

Et bien que le certificat de décès parle simplement de surdose involontaire, tous savent que ce n'était pas un accident.

Du reste, tu as laissé un billet – pour être sûr que ta mort ne signifierait pas la fin de ma vie américaine.

Je me demande ce que tu as éprouvé durant les dernières minutes. Si tu t'es senti flotter, si tu as écarquillé les yeux et vu un ciel de molécules, un ciel d'étoiles.

À cet instant-là, je ne sais pas où j'étais : dormant auprès d'Aylen, travaillant dans un jardin ou roulant en voiture, tandis qu'on énumérait les anniversaires du jour à la radio.

La mort est une dame atteinte de strabisme, parfois elle fait mine d'avoir une personne dans sa ligne de mire, mais en réalité elle a le regard fixé sur quelqu'un d'autre. Nul n'imaginait que tu opterais pour une telle fin. Ç'avait toujours été Kareen, celle qu'il fallait surveiller avec une attention particulière, celle qui avait fait deux tentatives de suicide à l'adolescence, de sorte qu'elle était marquée de près par son père.

Kareen qui disparaissait dans la bulle de sa clinique, des thérapies de groupe et des séances d'art-thérapie.

Mon frère m'a raconté qu'au cours de la cérémonie elle est venue vers lui. Elle portait une robe bleu nuit et avait un foulard dans les cheveux. Je suis encore troublé en pensant à son regard, à sa voix qui prononce mon nom.

Elle lui a demandé de mes nouvelles. Elle semblait heureuse d'apprendre que je vivais avec quelqu'un. Elle l'a prié de me dire qu'elle allait bien, qu'elle s'en était sortie. De me dire que je ne devais pas avoir de peine pour elle.

« Et ça t'a paru vrai ? j'ai demandé à Rudi. Elle allait bien ?

— Oui, a soupiré Rudi. Elle était en forme, une très belle femme. Et elle est enceinte. Kareen et son mari attendent un enfant. »

*

Les funérailles ont eu lieu il y a trois mois. Une vingtaine de jours plus tard, un vendredi, Aylen et moi sommes partis dans sa voiture.

Nous avions emporté ce qu'il fallait pour s'habiller chic, elle des chaussures à talons hauts et une robe de coton claire, parfaite pour sa peau ambrée, moi ma seule veste élégante. Nous roulions vers Santa Monica afin d'assister à une fête. Le mariage de Martin et Paul.

En réalité, ce n'était pas un vrai mariage, car la loi californienne ne le permettait pas encore. Plutôt une union civile. Ils ont signé les papiers le samedi matin et, dans l'après-midi, il y a eu une fête dans leur jardin, au cours de laquelle ils ont échangé leurs promesses d'amour devant tous leurs amis. Aucun rite officiel et pourtant tout était très intense.

Father Raimundo, le vieux prieur du monastère de Big Sur, était là. Et aussi celui de la communauté bouddhiste où Paul avait vécu – un homme de petite taille au visage rond et souriant.

En l'occurrence aussi, on peut dire que tout le monde était présent. Il y avait mon frère, il y avait les moines des deux communautés. Un large groupe de surfeurs du coin. Il y avait des collègues, des étudiants, des voisins, des types en chemise hawaïenne, des vieilles dames bourrées au punch. Il y avait les chiens, Otto et le border collie ressuscité, qu'on avait baptisé Charlie, et tous deux couraient entre les jambes des invités.

Quand les maîtres de maison ont prononcé leurs

vœux, nombre d'invités ont eu les yeux humides et se sont mouchés.

Puis nous nous sommes saoulés. Y compris beaucoup de moines.

Un chanteur, ami de Paul, soufflait des airs de jazz dans un micro installé au fond du jardin, et quelques couples se sont mis à danser. Aylen et moi nous sommes serrés l'un contre l'autre, ondulant au rythme de la musique, nos chaussures qui s'enfonçaient dans l'herbe.

Le rythme de la musique augmentait. Malgré les nombreux moines présents, je crois que tu te serais amusé. Tu aurais interprété un de tes sketchs.

Tu n'étais pas le seul absent. Il manquait aussi Brother Lucius. Le moine à la vue aiguisée était resté à Big Sur pour surveiller les risques d'incendie et observer le couple de condors sur la falaise, m'a-t-on dit. J'ai de nouveau eu les yeux mouillés. J'ai caché que j'avais la gorge serrée et j'ai avalé un autre verre.

*

Le lendemain, sur la route du retour vers Elfrida, Aylen a croisé les jambes sur le siège du passager et m'a défié. « Attention, homme italien, elle a fait en riant. Un jour, moi aussi je pourrais en vouloir une, de fête comme celle d'hier soir.

— Attention, j'ai répliqué. Je pourrais te prendre au mot. » J'ai saisi sa main et je l'ai portée à mes lèvres. « Connaissant mon passé, tu accepterais de t'engager avec moi ? »

Elle m'a regardé, puis elle a éclaté de rire. « On vit au

milieu du désert, de quoi veux-tu que je m'inquiète ? Que tu me trompes à l'occasion de la fête des jardiniers de l'Arizona méridional ? »

Nous en avons ri ensemble. « Je suis sérieuse, elle a repris. Si on se marie et qu'on trouve un bon avocat, tu pourrais obtenir un titre de séjour en règle.

— Moi aussi, je suis sérieux. Je pourrais te prendre au mot », j'ai répété.

Elle a glissé une mèche de cheveux derrière son oreille. « Il faut vraiment que tu croies en moi, elle a poursuivi en faisant un clin d'œil à son ventre. C'est une chance que mon étoile de mer soit plus haut. Si elle était sur mon ventre, dans les prochains mois elle se déformerait et pas qu'un peu. »

Je me suis rangé sur le bas-côté. Nous étions déjà en plein désert. On apercevait au loin le front d'une tempête d'éclairs, magnifique, fantasmagorique, telle que le désert en offre parfois.

Nous l'avons observée à distance. Le vent collait nos vêtements contre nos corps.

Les dynamiques de la mort sont curieuses, celles de la vie aussi. J'allais devenir père.

Kareen et moi allions devenir parents, tous les deux et au même moment, à dix mille kilomètres l'un de l'autre et avec des partenaires différents. Et c'était bien ainsi. C'était juste. J'ai serré Aylen contre moi, je me sentais plein de reconnaissance tandis que je respirais l'air au contact de sa peau.

J'ai frémi dans la brise chaude. L'horizon pulsait. Le ciel au loin lançait vers le sable des flèches aussi précieuses que les veines sur une surface d'albâtre.

C'est ce qui se passait dans le désert : l'émerveillement et l'effroi avançaient côte à côte. Une pulsation de douleur-joie.

Nous allions avoir un enfant et nous lui apprendrions à marcher en équilibre, à s'abandonner à un élan qui lui vienne du flux et du vent, chaque fois du bon côté.

*

Par un concours de circonstances, la première personne à qui j'ai annoncé la nouvelle a été Cinzia. Elle a téléphoné quelques heures après notre retour de Santa Monica, j'ai reconnu sa voix et, d'instinct, je le lui ai dit.

Cinzia a poussé un cri et m'a félicité. « Vous attendez tous un enfant, elle m'a grondé. Une véritable épidémie de spermatozoïdes hyperactifs, en Italie et aux États-Unis. »

Il y a eu un silence. C'était la première fois que nous nous parlions depuis les funérailles.

Elle voulait évoquer ton héritage. « Tu as vu ce qui se passe sur Internet ?

— Non, j'ai répondu. Que se passe-t-il ? »

Un nombre croissant de personnes visionnait les extraits de tes sketchs sur YouTube.

Des enregistrments de tes rares passages à la télévision, ceux dans lesquels tu ironisais sur ta dépression, sur tes expériences en matière de psychologues et de thérapies alternatives. Les gens les regardaient et laissaient des messages de sympathie. De nouvelles pages naissaient sur les réseaux sociaux. Un quotidien voulait sortir un DVD rassemblant tes meilleurs numéros. « Un comique qui se suicide, ça fait vendre », a observé Cinzia. Je pouvais sentir son amertume d'un continent à l'autre. « On s'aperçoit que tu existes seulement quand tu t'en vas.

— Mon Dieu, j'ai soupiré. Je ne sais pas si ça me fait plaisir ou si ça me dégoûte.

— Tu n'imagines pas le nombre de propositions que je reçois. Je vais devenir une sorte de Courtney Love de la scène comique italienne. »

À présent, elle était ta veuve. Vous n'aviez jamais entamé les formalités de divorce, aucun de vous deux n'ayant les moyens de se payer un avocat. Et voilà qu'arrivait l'argent de ta nouvelle popularité.

« Il faudra solder les dettes, a repris Cinzia. Quand je suis allée à l'appartement, il était vide. Il avait vendu les meubles pour survivre. Il ne restait rien, pas même la cuisine équipée. »

J'ai fermé les yeux. Mes tempes pulsaient alors que j'imaginais ton appartement vidé. Et toi, nu et seul, sur le carrelage de la salle de bains.

« Mais si ça continue comme ça et que le DVD sort, elle a poursuivi, il restera de l'argent. Il faudra décider quoi en faire. Je ne veux pas le garder, ce ne serait pas juste. Je n'étais plus vraiment sa femme. Je pensais faire un don en son nom, quelque chose comme ça. Ses parents sont d'accord. »

J'ai promis de réfléchir à une possible destination et je lui ai dit qu'on se reparlerait bientôt.

Plus tard, j'ai contrôlé sur Internet. C'était vrai : tu étais devenu une vedette du réseau.

Comme le monde est prévisible et pervers. Ça t'amuserait de lire les commentaires des gens. Certains ont même retweeté plusieurs de tes anciens tweets.

Je les ai lus et mes tempes ont recommencé à me faire mal. C'étaient les messages que tu avais tweetés au début de notre voyage.

Dans l'un d'eux, tu racontais comme c'était amusant de se présenter dans un monastère vêtu d'un tee-shirt de film d'horreur. Et tu joignais la photo de ta collection. Voilà pourquoi une poignée de tes fans en portaient lors des funérailles.

Le tweet dans lequel tu disais que tu étais attablé dans un restaurant aux murs bleu turquoise et que la Fée Bleue t'avait servi. Celui dans lequel tu parlais de la tortue sous la voiture.

Les informations sur le voyage étaient datées de la nuit où nous nous étions perdus dans le désert. Dans l'un des derniers, tu disais : *Mon ami en rut a des vues sur la serveuse. Mignonne, c'est vrai. Ça ferait un joli couple.*

Le soir, je l'ai raconté à Aylen. Nous avons ri, une note rauque dans la voix.

Pendant la nuit, j'ai continué à me réveiller et à rire tout bas dans mon coin. C'était comme si tu avais été en train de me chatouiller. À l'aube, je suis allé à la salle de bains et j'ai pleuré. Je me suis rincé le visage. Tu vois comme elle est étrange, mon vieux, la vie de ceux qui restent. Nous nous occuperons de faire un don à une œuvre de charité en ton nom. Nous continuerons à te regarder dans les fenêtres de YouTube.

*

Toute ma vie, j'ai été entouré de dépressifs chroniques. À ce jour, j'ignore encore ce qu'est cette paralysie intime, cette blessure intérieure.

L'effort surhumain de s'accepter soi-même. La claustrophobie et l'absence d'issue. Le handicap constitutif qui empêche de se connecter au monde de façon authentique et profonde.

Ce serait quelque chose de révolutionnaire, si tous les dépressifs voulaient bien cesser de se sentir extérieurs à la vie. De croire que le monde peut se passer d'eux. S'ils se rappelaient soudain qu'une certaine forme de géométrie du cosmos existe et que personne n'est dispensable ni remplaçable.

Je ne sais pas si trouver cette géométrie relève des utopies politiques, spirituelles ou autres. Ils sont nombreux à y avoir cru.

Peut-être étais-je, moi, le plus déprimé de tous, quand j'étais persuadé que toute possibilité d'affection était épuisée, inutile, annihilée, que l'amour était sécrété par une glande atrophiée. Au fond, peut-être que je n'en sais rien. Ce que je sais, en revanche, c'est que j'ai guéri en grimpant au sommet d'un plateau et en sentant que l'amour n'est pas un produit individuel. Malgré la désolation humaine, il existe en soi, il existe comme une loi de la physique. C'était stupide et présomptueux de penser qu'il n'existait plus, uniquement parce que je l'avais perdu de vue.

Comprendre cela m'a rassuré et, dans le même temps, ça m'a rappelé que je devais faire des choix responsables. Le « fleuve » existait. Voulais-je me remettre à y tremper la main ?

Je sais bien aussi que les cyniques souriront de mépris en lisant de tels propos. Je ne vois pas ce que je peux y faire. La réalité est faite d'intuitions, pas seulement de concepts.

Il n'y avait aucune superficialité new age dans la cérémonie d'Anselmo, dans ses yeux mûrs qui avaient d'emblée saisi l'ampleur de ton mal. Je me rappelle la façon dont il chantait pour toi, près du feu. Dans la lumière de l'aube, on pouvait presque croire qu'il était parvenu à te guérir.

Sur ce plateau, j'ai éprouvé ce qui, dans ma vie, s'est rapproché le plus d'une expérience religieuse, il me semble. Je me fiche de lui donner un nom ou de l'interpréter.

Il me suffit de savoir qu'il y a autre chose. Par-delà ce que mes yeux voient normalement, dans les coulisses de la réalité.

Même Rudi se lasse parfois des définitions fournies par la théologie. Un jour, au téléphone, il m'a dit ce qu'il pensait vraiment de Dieu. Je l'ai imaginé, avec ses jambes bronzées et son allure de mystique en bermuda : « On dirait que les patrons de mon Église veulent fournir des réponses à toutes les questions possibles. Moi, je pense que Dieu n'est pas une réponse. Dieu est le stade ultime de la quête. »

*

J'ouvre les yeux. Au centre de chaque nuit, il y a une clairière. Je suis éveillé, allongé auprès d'Aylen, et j'écoute sa respiration en effleurant son ventre.

Depuis que tu es mort, chaque fragment de félicité est composé d'une matière étrange, glissante et striée. Des plaques de bonheur qui ressemblent à du verre. On doit les manipuler avec précaution, car leurs bords sont coupants. Je me sens tout de même reconnaissant. Je ne pensais pas qu'il pût exister à notre époque quelque chose qui s'apparente au bonheur.

Le plus difficile, c'est de me pardonner à moi-même. Toutes les fois où j'ai été stupide, où j'ai blessé les autres, où je n'ai pas vu clair, où je n'ai pas compris. Stupide, j'ai été stupide.

Mais, dans la clairière de la nuit, je sens que tu es là, que tu ris et que tu me chatouilles. Détends-toi, tu dis.

Je te dois tant. Parfois, je rêve que tu réapparais soudain, avec tes tee-shirts, ton téléphone-amulette, tes rides aux coins des lèvres, tel le chien ressuscité cette nuit-là sur le plateau.

Dehors, le sable émet le halo verdâtre qui annonce l'aurore, et le silence du désert contient mille sons – de même que le blanc renferme toutes les couleurs.

J'écoute. Tout est là, Dieu, notre vie, les pochettes de disques, les tests de grossesse, les soupirs du sexe, les comptes à découvert, les relations, les informations sur Internet, les milliards de tweets, notre dépression, les chansons que nous écoutons.

Je me tourne doucement. Dans la pénombre, le visage d'Aylen dégage une beauté chaude. Nous sommes cela et nous ne sommes rien d'autre, juste une vague instable de chaleur et de beauté, et c'est ce que tu étais toi aussi.

C'est ce que tu es, où que tu sois.

Ouvrage composé
par Dominique Guillaumin, Paris.
Achevé d'imprimer
sur Roto-Page
par l'Imprimerie Floch
à Mayenne, le 16 mars 2015.
Dépôt légal : mars 2015.
Numéro d'imprimeur : 88174.

ISBN 978-2-07-014306-1 / Imprimé en France.

256457